生命滋味

Doctor's Notes

实习医师手记

王溢嘉 著

广西师范大学出版社
·桂林·

SHENGMING ZIWEI: SHIXI YISHI SHOUJI
生命滋味：实习医师手记

本书由作者王溢嘉授权北京乐律文化有限公司在中国大陆地区出版其中文简体字平装本版本。该出版权受法律保护，未经书面同意，任何机构与个人不得以任何形式进行复制、转载。

项目合作：锐拓传媒 copyright@rightol.com

著作权合同登记号桂图登字：20-2020-117 号

图书在版编目（CIP）数据

生命滋味：实习医师手记 / 王溢嘉著. —桂林：广西师范大学出版社，2020.10
　ISBN 978-7-5598-3131-6

　Ⅰ. ①生… Ⅱ. ①王… Ⅲ. ①随笔—作品集—中国—当代 Ⅳ. ①I267.1

中国版本图书馆 CIP 数据核字（2020）第 163600 号

广西师范大学出版社出版发行
（广西桂林市五里店路 9 号　邮政编码：541004）
　网址：http://www.bbtpress.com
出版人：黄轩庄
全国新华书店经销
广西广大印务有限责任公司印刷
（桂林市临桂区秧塘工业园西城大道北侧广西师范大学出版社集团有限公司创意产业园内　邮政编码：541199）
开本：880 mm × 1 240 mm　1/32
印张：6.75　　字数：175 千字
2020 年 10 月第 1 版　2020 年 10 月第 1 次印刷
定价：56.00 元

如发现印装质量问题，影响阅读，请与出版社发行部门联系调换。

/序言/

怀念母亲子宫般的乡愁

一九七五年,我自台大医学系毕业;一九七六年,开始在《中国时报》的"人间副刊"撰写"枫林散记"专栏;一九七七年,又开始在《联合报》的"万象版"撰写"实习医师手记"专栏。两个专栏都写了一年多,一九七八年,我将"实习医师手记"专栏及"枫林散记"专栏之部分,结集出书。当时的"自序"里只有短短几个字:

所有文章都写于我离开医业,卖文、编杂志为生的时候,这使我能像一个放逐者般与医学保持适当的距离,但也使我对永远不再的时光兴起怀念母亲子宫般的乡愁。

当时,我的情绪正处于"周期性崩溃"的低潮状态中,不想多谈。在结束《联合报》专栏时所写的"后记",也许可以说明我当时的心情:

刊出期间,感谢诸多读者来函赐教,很抱歉我均未作答。

因为下面这段心路历程不是很多人能够理解的：我虽毕业于台大医科，但目前离医师这个"职业"已越来越远，将来势必更远。我觉得某些东西，对某些人来说并非一种职业，而是一种命运，你不得不受它驱策，而走上一条不知终点的路。就像我以前所说的："我希望我的这条路上有风有雨，路的尽头在云深不知处。"现在我就在这条路上。在路的终点，我希望能像伦勃朗所说的那样："独自一人……但最后得了胜。"

十多年就这样过去了，昔日的希望与风雨、悲凉与不逊都化作一缕青烟。

近日重读这些旧作，医院以及病人的种种，仿佛又回到眼前。时过境迁，物换心移，我本来想加以改写，不是更改故事，而是修改我在文中所表现出来的对生命与病痛的观点。但想到若这样做，可能已不是一个"实习医师"应有的看法，所以也就作罢，还是保留我最接近于医学时的心灵样貌，就当它是一个生命阶段结束的感言。

十多年来，我对其他知识的了解已远多于医学，但医学教育仍在我的脑神经网络里刻镂下不可磨灭的痕迹。不管是对那些曾经供我实习的病人与死者，或是对我今日生命观与哲学观之形成，医学都让我兴起"负欠"的感觉。为了偿还欠医学的"债"，我在《健康世界》这本传播大众医学知识的杂志当了十几年的总编辑。但"心灵的债务"是只会变得稀薄，而无法全部消失的。

有人曾开玩笑地说："看你写的《实习医师手记》，相信你当医师的话，一定会是个好医师。"但问题是，我当初若去当医师的话，很可能就不会写《实习医师手记》。这使我想起《甜蜜的家庭》这首歌的作词者裴恩，那动人的歌词勾起我们的回忆或憧憬，让人陶醉在家庭生活的温馨中，但斐恩却是个失去家庭而四处流浪的天涯游子。这是生命的吊诡，而我们每个人岂不是多少都活在这种吊诡之中？

王溢嘉

目 录
Contents

序言 / I

第一部 | 实习医师手记

白衣，誓言，我的路 / 002

你是新来的医生？ / 006

我的死活，自有安排 / 010

狂乱震颤的一刻 / 014

尊严与圣洁之外 / 018

一张病人的照片 / 022

死亡边缘，回头猛省 / 026

宣布死讯，心如电转 / 030

任性的妻子，慈祥的母亲 / 035

生命何价？拈花微笑 / 039

七个"走索者" / 043

急诊室中的欢喜冤家 / 047

鲜血带来的悸动 / 051

微妙的默契与对立 / 055

生命可以比较吗？ / 059

老教授的慧眼 / 063

可怜天下父母心 / 067

医师亦是"人子" / 071

谁来决定婴儿的命运？ / 075

来到医院的锣鼓手 / 079

医学是"怕死的科学"？ / 083

飞入杜鹃窝 / 087

用金钱买道义 / 091

一首家族的悲歌 / 095

可怜身是眼中人 / 099

小孩梦中的恶魔 / 103

除夕夜的凄婉歌声 / 107

冷酷现实？感情用事？ / 111

不要和生命开玩笑 / 115

生死难以抉择 / 119

恰似剑客的感慨 / 123

肉瘤上的玉兰花 / 127

随时准备翻脸的信赖 / 131

忧惧成真的热泪 / 135

第一次也是最后一次的慌乱 / 139

善意中隐藏着残酷 / 143

斯文扫地,留住生命 / 147

医学加诸一个老人的荒谬 / 151

如果那一针打在我身上 / 155

探索,在显微镜下 / 159

冥思,病痛的哲学 / 163

面对死神,不必卑屈 / 167

第二部 | 枫林散记

生命与尊严 / 172

童子何辜? / 175

苦涩的辩护 / 178

他还不会死! / 181

医者的许诺 / 184

死前的希望 / 187

谁来遗爱人间 / 190

医疗的陷阱 / 193

从弃婴谈助人 / 196

清醒的疯子 / 199

所谓"儒医" / 202

我们的"血肉"在哪里? / 205

01

| 第一部 |

实习医师手记

白衣，誓言，我的路

天还没亮，老彭就站在书桌前，对着桌灯穿昨天刚领到的医师制服，然后静静地在镜前端详。我躺在床上看着他，心里有一股温暖和如梦的感觉。老彭总是最早起床，即使在今天也不例外。从今天开始，我们都是实习医师了。

七点五十五分，第七讲堂明亮的灯光下，一片雪白。空气中荡漾着细碎的、被潜抑的喧腾。我抚玩着白衣口袋内的听诊器，看看四周共砚六年的伙伴，我们曾彼此相濡，也曾彼此疏离，而如今都笼罩在一身雪白中，掩去彼此的身世、欢乐和忧伤，怀着同样的自许，聚集在"白色之塔"的圣坛下，为自己逾越了人生的某种范畴，而付出许诺。

当我高举右手，说出："准许我进入医业时，我郑重地保证自己要奉献一切为人类而服务……"的誓言时，以低哑男音为主的声调，使我想起希腊神话中的普罗米修斯，一个人的悲悯和誓言若是来自潜意识,而非来自超我,则他今生今世就注定要面临种种的折磨和劫难。

即将来临的折磨和劫难如同一枚甘中带涩的生果,随着誓言在我的唇上流转,我伸在黄色灯光中的手,不禁圈拢来握成一个拳头,试图从虚空中撷取一点支持的力量。

尼采说:"有些人要在死后才出生。"医学生的训练即是一种从死到生的心路历程。几年前的一个冬夜,在金山街住宿处的后院里,我将解剖尸体时所穿的实验衣委于地上,纵火焚烧。沾满尸腐味和福尔马林异味的实验衣,在熊熊烈火中急速卷缩,仿佛它是有生命的东西。我蹲下身来,逼近那堆短暂的光和热。

我曾穿着它解剖过另一具生命,将它解剖得体无完肤。每天早上,我必须像浇花一样在尸体的脸上身上浇水,像园丁触摸花木一般触摸它。然后在期末考时,来自全省各地最优秀的同学,像死刑犯般排成一列,苍白的脸上张着无眠而充血的眼,被一个个推进充满尸体的考场。在杂有白骨、血管、神经和肌肉的一道考题上,匆忙作答间,我仓皇辨认出,它竟是和我相伴数月不知名的尸体的手。

生命到底是什么呢?医学教育为我提出这道难题,而且让我越陷越深。

第一部 实习医师手记

然后是生理实验，我们一组几个人不停折磨着一条狗。一个紧接着一个实验的步骤，让大家非常兴奋，用功的同学纷纷在笔记本上详细记录实验的结果。我则一直注视着被绑在板上的狗，它茫然无告的眼光，以及断续抽搐痉挛的身体，似乎在向我表白什么。

三个小时后实验结束，被剖肠割肚的狗儿已经奄奄一息，大家觉得不忍，有人提议不如让它早点解脱。但大家你看看我，我看看你，没有人动手。

我用颤抖而兴奋的声音说："我来。"然后拿起解剖刀，一刀刺入它的心脏，鲜血喷上我握刀的手，我的眼眶和手都湿润了。如果我必须做凶手，我愿我是一名高尚而仁慈的凶手。

然后我们被带进医院去观看一群群活生生而受苦的生命。先看死人，再看活人，这就是医学教育所给我的锤炼，它让我在无心间盗取了生命的奥秘，给我开启生命幸福之钥，然后再将无数痛苦、哀号的生命展露在我的眼前，这是多么无情的折磨！

一个太过健全的人，是无法了解别人的痛苦和不幸的。他人的不幸和痛苦、尸体笨拙的姿势、腐败的气味，均使我沉思且哀痛。每一只祈求的手，痛苦的脸孔似乎都朝向我，我觉得我对他们有所亏欠，因为我与闻了他们生命中某种重大的秘密,单单这一点,我就觉得我亏欠了他们。

在医师面前,病人顺从地赤裸着。谁有权能如此坦然地检视另一个同类的痛苦呢?我毋宁觉得我是缺乏这种权力的,但我却被赋予这种权力,这就是我的劫难。

"拒绝独自进天堂",这种伊凡式的解决方法,并非什么高超的道德原则,而是一种悲悯与愤懑,对生命何以有这么多不幸和痛苦感到悲悯与愤懑,这也是我所选择的方向。

为何当医生?这个迟来的问题在我医师誓言宣读完毕后,已不由我再去细想,因为前面有太多苦难的人在等着我。

你是新来的医生？

总住院医师带着我们三个新来的实习医师，在"四东病房住院病人一览表"上用笔一指，我分到十七个病床。其中十四床已住有病人，另三床是空床。四东病房素有癌症病房之称，我的十四个病人中，有三个患血癌，两个得了肺癌及两个骨癌病人。

打针是我的第一项工作。我推着装满点滴瓶和静脉注射剂的推车，走进某一病室。第一床是个瘦弱的中年男子，从刚刚住院医师的简短介绍中，我已得知他是肺癌晚期的病人。我将推车推到床前，病人的两三个家属立刻站起来，并列在床前，其中一个类似他妻子模样的女人对我鞠躬，并不住地打量我。她试探地问："你是新来的医生？"

"是。"我有点心虚，我忽然觉得我是太瘦了一点。另外两个家属马上增加警戒性，更靠近病人的床沿。我拿着点滴瓶慢慢踱过去，走进他们所围成的那一道无形的墙中，那并不很难，只是额前稍觉温热而已。

原来闭着眼睛的病人听到医师来了，立刻发出断断续续的呻吟声，然后张开眼睛来。

"又是要打针，打针也不会好！"他看我一眼，毫不保留地表露出他的失望和怨懑。

我不知如何搭腔，只能默默地架好点滴，排气。病人伸出握紧拳头的手，累累的针孔沿着两条静脉排列而下，静脉在经过无数次的摧残后，已经变得硬而脆，我并没有一针见血的把握，站在旁边的女人似乎察觉到我的犹疑，低低怨叹一声，将头伸到我和病人之间，试图帮忙。

我用酒精棉球擦拭病人的右手背，抓着他的四根手指，凭着两年来在病房摸索得来的经验，以专注以驱迫以一颗微微震颤的心，将针尖刺入病人的肌肤。结果我还是失败了，病人的手背立刻鼓起一个大泡，暗红的血液从我抽出的针孔溢出。

"对不起。"我用酒精棉球按着伤口说。病人摇摇头，然后侧着脸，奇怪地注视自己的手。女人则用一种金属摩擦的声音说："等看准了再打！"

我再拿起针管，排气。时间犹如我前胸两侧的汗水，闷闷地、模糊地延伸着。在说了几声对不起，将所有的针剂打完时，已是中午十二点。

下午和住院医师到各病室巡视病人。每到一个病床前，住院医师即向病人介绍："这是新来的王医师，往后由我和王医师一起照顾你。"

"这么年轻就当医生了？真是年轻有为。"我不好意思地笑笑，减轻了不少莫名的紧张。

然后住院医师用一种对病人具有说服性，对我具有暗示性的手势和言辞，让我得以顺利检查病人。有一个慢性骨髓性白血病病人，已经第三次住院，肝、脾有明显肿大，住院医师叫我在他的腹部做触诊。病人闭起眼睛，不太情愿地将衣服拉上，露出色泽暗淡的腹部，我敏感地觉得他并不欢迎我这个对他的治疗没有决定性作用的实习医师，就草草做完检查，并帮他拉下衣服。

事后住院医师说："检查病人时不必太客气。"我含糊地答应着。有些病人的身体是吝于让小医师"学习"的，五六年级的见习生，他们的实习生涯比现在更尴尬，记得有一次在内科初诊，一位妇人肚子有毛病来就诊，在身体检查时，我依序从头部、颈部、心脏、肺部检查起，检查了半晌，病人的女儿在旁边怀疑地质问："医生，我妈妈是肚子有毛病，你怎么一直在检查心脏？"

我实在有苦说不出，我不是对这位病人的心脏特别有兴趣，而是等一下我必须向教授报告所有检查的结果，比如心脏有无杂音、左缘在哪里、右缘在哪里等。

回到医务室，黑板上写着"某某床检查血图"等字样，某某床刚好是我的病人，住院医师笑着拍拍我的肩膀说："很忙？"我讪讪地带着检查血红素、红细胞、白细胞的血液抹片的全副道具到指定的病房去。

抽完血，做好血液抹片的染色，回到医务室时已是下午五点半，没有事的医师和护士都下班了，只剩一个值班护士在准备病人晚上的药物。我拿出显微镜，亮灯坐在窗前开始检查。我上下调节细调节轮，在那一圈亮白的镜面上，忽地跳出无数粒状的红细胞，散落在纵横交错的小方格里。我一面移动载玻片，一面在心里默默记数。

当我再抬起头来时，天色不知何时已经暗了下来，有风自窗外吹进来，我觉得肚子有点饿，但饿使我保持清醒，我也想更快做完今天的工作。我又低下头来，镜底有几颗细胞在玻片下浮游，对其他细胞推推撞撞。

恍惚之间，我好像置身在一个阴暗的工厂中，师父已经离去，只剩下我这个营养不良、满身汗垢的学徒在那里独自摸索，默默努力工作着。

我的死活，自有安排

三个尿毒症病人并排躺在床上，三张浮肿且发出油光的脸与三对呆滞的眼神，拼凑出一幅冷峻而凄楚的画面。其中有一个是我的病人，刚从腹膜透析室洗肾回来没过多久，血中的尿素氮又快速地升高起来。我量了量他的血压，血压当然也升高了。

"你一定偷吃了什么东西。"我带着笑，捏捏他浮肿的脚踝问他。

他的眼神已因尿素氮的升高而显得迟钝与混浊。他摇摇头，瞥了一眼检验室送来的检验报告，苦笑着说："我偷吃东西你们医生也知道，唉，总是逃不过检查。"

他坦承上个星期六，躺在床上觉得人生乏味，发下狠心到外面大吃大喝一顿，然后找个妓女睡觉。第二天早上再悄悄回到医院来。

"你们给我的饮食淡而无味,根本不是人吃的东西。而且,我已经快半年没碰过女人了。"

我了解他所受到的创伤和屈辱。尿毒症病人多半会丧失性欲,他这样做是为了什么?为了证明他还是一个人吗?我安慰他说:"我们这样做是为了你好。"他不以为然地沉默下来。

随后不久,当我检查其他病人时,抬起头来,竟然发现他抓着一块瘦肉往嘴里送。他看到我在看他,愣了一下子,拿着瘦肉的手停留在半空中,然后仿佛下了某种决心,撇过头去,对手中那块肉大咬大嚼起来。他宁可饱餐而死,也不愿枵腹以终,我想他一定吃得很痛苦。

当他吃完后,我又站在他的面前。他有一种义无反顾的漠然,用浮肿的手擦着油腻的嘴。

"你女儿今天怎么没来看你?"

"她去上班了。"

"想想你的妻子,你的女儿,以后千万不要这样做。我们会尽量帮助你,你心情要放开朗一点。"

接着几天,他心情似乎开朗了些,有一天我值班无事,他到医务室来跟我谈起他的少年往事,其中还有两则令人艳羡的风流韵事。我审慎地注意他的神情,一个人若执着于回忆,则表示他怯于前瞻或已不再前瞻。

我笑着问他是否会继续偷吃东西,他诡秘地说:"这件事我自有安排。"然后又沉入回忆中。

我更告诫过他的妻子和女儿,应严防病人偷吃东西,但这种事实在防不胜防,而且有损病人的尊严。在适当的治疗下,病人的情况却继续恶化下去,我很替他担心。

一天夜里,我在睡梦中听到模糊的低泣声,仿佛有人在我的心中哭泣,本来是断续的啜泣,最后变为痛声的哀号。我张开眼睛,宿舍内一片黝黑,惨白的天花板格子似乎要压到我的身上来。我听得出,最少有五个人跟着一辆推车在楼下的走廊上急速前行。只有人死了,才会发出这种凄厉决绝的哭声,脚步声渐行渐远,哭声亦消失在通往太平间的方向。

外面有月光吗?我在床上翻个身,上弦月就挂在结满蛛网的窗角。如此的月光,照在覆盖死者的白布上该是怎样的一种颜色?医院的黑夜像一块铅压在我的身上,然后我逐渐沉入梦乡。

不久,仿佛是那个尿毒症病人的女儿,跌跌撞撞地跑到我床前来:"医生,我爸爸又活过来了,你快去看看!"于是穿着拖鞋的我,急急忙忙跟她越过静寂且有高大尤加利树诡异阴影的花园,穿过日本式的长廊,来到点着烛光的太平间。死者身上的白布已然拉到胸前,死白并且仍旧浮肿的脸掩映着摇红的烛影。我将烛台移近病人的脸庞,他两个散大的瞳孔正和我做空茫的对视。

"他已经死了。"我再度为病人盖上被单,病人的女儿哀苦地说:"医生,请你再看看,再看看吧……"忽然,我手上的烛台倾斜了,死人的手从白被单里伸出来,握住我的手,那是一只多么有力而兴奋的手呵!

然后,我从床上跳起来,天色已经大亮。

早上八点未到,我就到病房去。从窗口可以看到那位尿毒症病人正坐在床上吃医院送来的早餐,我站在走廊上看着他,心里产生一种难以形容的复杂感觉,然后我走进纷乱的病室中。

"王医师,今天这么早就来?"他抬起头,浮肿且有着油光的脸正对着窗外射进来的一道阳光,在阳光中,他的眼睛显得格外迟钝与混浊。我注意看他的餐盘,他坦然接受我的检视,这一次他并没有偷吃在禁止之列的食物。

"昨天晚上有没有溜出去?"

"没有。每个人只有一条命,但……这件事我自有安排。"他试图露出一个爽朗的笑容,但嘴角不太灵活,看起来却像是无声的呜咽。

狂乱震颤的一刻

某教授来回诊。大小医生七八个跟在老教授后面，从这个病室走到另一个病室，病人和病人的家属都露出期待的神色，因为老教授一个星期只来这么一次。老教授走在最前面，如同带来福音的圣者，而我们则像一群使徒。

还未走到病床前，病人已笔直地坐在床上，弓着两臂将内衣拉到锁骨的位置，准备接受教授的检查。教授站定后，大小医师依序恭立在病床两侧，住院医师立刻翻开病历，对病人最近的情况做扼要的报告。

教授仰身闭目听完报告，弯下身来侧着头，听诊器在病人胸前滑动，恭立在两侧的我们，看着教授的动作，几十年的浸淫，已使他的动作无懈可击，而成为近乎完美的艺术。

教授叫病人张开嘴巴，病人立刻将嘴巴张到最大的程度。然后教授拿出他的充电手电筒，准备探照病人的喉咙，但可能因为电力不够,结果只发出晕黄的微光。说时迟,那时快,大家立刻趋前一步,掏出各自的手电筒,七八支手电筒的强光同时照进病人的喉咙中。病人微微吃惊,但嘴巴似乎张得更大。

"好,很好。"教授喃喃地说,然后拍拍病人的臂膀,"你明天可以出院了。"

病人不住点头称谢。

从医科五年级开始,我们就必须参加这种回诊。刚开始时,我总是挨着病床边,两眼看着教授,醉心于他检查病人的优美神态;凝神谛听他的话语,甚至连他的声音都是优美的。走在这支白色的队伍里,心中自然会有一股安全而温暖的热流。但两年多来,我在回诊时所站的位置已慢慢地离教授越来越远。有时候,越过前面医师的间隙,看到教授垂在病人身前已现银丝的鬓发,以及苍老的脸庞,我竟也会有怅然的感觉。有为者亦若是的雄心越来越淡薄,因为我已慢慢了解到,他们所拥有的,是我即将失去的;而他们所失去的,正是我企图去捕捉的。

当我们走进一间二等病室时,我立刻发现中间的那个床位已住进了新病人。教授走到他的床前,大小医生跟着围在床边,我两眼看着雪白的床单,住院医师快速地念着病人的病历，然后教授开始检查。大家似乎已经忘记前天晚上这张病床的床单上沾满了血迹。

前天晚上我值班，凌晨三点，外面正下着倾盆大雨。这张病床上的病人突然全身猛烈震颤，接着是大出血。急救无效后，住院医师叫我赶快打电话给教授。电话铃响了三声，听筒中即传来教授沉郁的声音。我向他报告病人危急的情况，教授说："我马上就来。"

不久，穿着雨衣，戴着雨帽的教授像"大法师"一般出现在灰蒙蒙的病室门口。他趋身走到病床边，看了病人一眼已了然于心，然后默默地望着我们几个值班的医师，对着不住颤抖、呕血的病人，施以看起来相当残忍的急救。

病人已经无救，这是在场的医师都知道的事实。一个人生命中的恶魔若要于此时夺去他的魂魄，是任何人都无法挽回的事。教授的出现，也许只是为了见证这场夺命之战而已。

教授亦有其极限，这是我在情绪上所无法接受的事实。一个人皓首穷经，终其一生与生命中的恶魔搏斗，当他接近那看似完美的极限时，他仍然必须黯然让路，让某些病魔恣意狂舞，和病人玉石俱焚。

当一个病人垂死时，当我试图去捉牢他生命中的恶魔时，我可以感知与恶魔相抗衡的那种震颤，一个同类就要在我的手中离世而去，这是何等狂乱的一刻？何等震颤的一刻？但在经历过数十次，甚至数百次的震颤后，其中有一些就会化为容忍。当容忍多于震颤时，也许就是我当教授的时候了。

一个人要了解这种极限，也许只要一两个月的耳闻目睹，但要接近这个极限，却要三四十年的时间。人生岂非亦是如此？

每个人所走的路都是一条去了解自我极限的道路，但我不希望这是一条一目了然的坦途，从老教授的身上我似乎看到了它的终点，这是我所无法接受的事实。我希望我的路中有雾、有雨、有山重水复疑无路的时候，路的尽头藏在云深不知之处。

尊严与圣洁之外

晚上十一点,一个糖尿病病人从急诊处住进病房来。病人枯瘦而不洁,胡子未刮,眼眶里有眼屎,干裂的嘴唇微微张开,一副莫知所以而自我放弃的模样。

我翻翻急诊处送来的病历。病人因血糖过高,在家中昏倒,被送到急诊处来,经过两天的治疗,血糖一直忽高忽低,所以转到病房来做进一步的治疗。

我拿着血压计和一套检查器具走进病室中,病人的神智已经恢复,手上吊着点滴,正呆呆地躺在床上。我将灯点亮,惊醒了几个早睡的病人。

"你怎么啦?"我低声问。

"我?我也不知道。在家里昏倒了,就被送到台大急诊处来。"

"以前知不知道自己有糖尿病?"

"没有，身体很好，很少看医生。"

"最近是不是比较瘦？"

"对！就是瘦。一直吃一直瘦！一直吃一直瘦，瘦了好多！"

病人两膝弓着躺在床上，肮脏的衣服外边露出饱经风霜的筋骨，塌陷的眼睑使他的眼球显得突出，两个像牛眼一般的眼珠骨碌碌地看着我，好似"一直吃一直瘦"这点才是令他百思不解的地方。从病人的衣着、外表和谈吐可以看出，他是来自生活水准相当低的阶层。

好不容易从病人枝节而不着边际的谈话中，捕捉到我必须知道的资料，做完检查，回到医务室，正在写病历时，病人的太太跑到医务室来，腼腆地说："医生，病人解大便了。"

我怀疑地看看她。她又加上一句："他把大便解在床上了。"

"奇怪？又不是小孩子！"

我跟她走进病室，远远就可闻到一股异臭。病人两眼无助地看看我，弓着两个膝盖，大便就压在他屁股下的内裤内，有部分且溢到外面刚铺上不久的雪白床单上。

依他的病情，还不至于说连解大便都不晓得。我想是这场大病使他整个人崩溃了，一下子陷入小孩般的无助中。他呆呆地躺在床上，张着干裂的嘴唇，脸上的表情很滑稽，好像这并不是他的错。

"起来！"我以大人对小孩的严厉口吻命令他，"把裤子脱下来！"然后对慌乱成一团、满脸汗水的太太说："你快去提桶水来，帮他洗一洗。"

值班护士在换床单时，不住抱怨："从没有看过像你这种病人！下次再把大便解在床上，就让你睡这张床单睡到出院。"

此时病人不吭声地蹲屈在房间的一隅，面向墙壁，且用头顶着墙壁，光着下身，由他太太为他冲洗。细细的水声中似乎包含了无尽的委屈。

邻床一个病人坐在床上，睁着惺忪的睡眼，木然地看着这一幕。这是什么样的人生呵？这里没有尊严，没有圣洁，有的只是卑微而受苦的生命。

有人说穷人生不起病，一场病对一个贫困的家庭来说，也许就是一场浩劫。在病人净身时，我踱到窗口，但见窗外一轮明月高挂碧虚，古今共此明月，它易于唤起人们的幽思。

"仆以穷病，潦倒客中……"我想起一位诗人，在古书上读到这样的句子时，但觉诗人清癯幽古的形貌跃然纸上，心中有一股淡淡的温温的惆怅，而无法去细思穷病潦倒的实质内涵。穷病潦倒原是极不堪的事！像这位病人，穷病已使他的整个家庭陷于无助的瘫痪中，病人且表露出明显的自我放弃。有谁能帮助他呢？

当我再度走进病室时，病人已净好身，穿好裤子，躺在新换的被单上。他太太正在病床边的小柜上摸东摸西。我拍拍他太太的肩膀："你先生现在生病，身上的衣服已经几天没换，趁现在点滴拔掉，帮他换一件干净的衣服，让他觉得清爽一点。还有，他口干唇裂，有空就用棉棒沾一些水湿润他的嘴唇。"

病人的太太是一个典型的来自乡下的妇人，她哭丧着脸边听我说边点头。然后打开放在小柜上的布包，拿出一件衣服来。

我因时间耽搁，直到将近凌晨一点，才到各病室打针。当我再度走进那间三等病室时，病人侧着脸，张着嘴巴，已经睡着了。他太太坐在床沿，看我走近，站了起来，低声问："要打针吗？"

我拿着针盘，站在离她约五尺之遥的地方说："现在不必。"

夜已深沉，整间病室里似乎只有我们两人仍清醒着。

一张病人的照片

一个郁血性心脏衰竭的女病人，心脏扩大且有杂音，走几步路就会喘，所以经常躺在床上，或者坐在病床边的椅子上，动作慢吞吞的，生怕一用力，心脏就会受不了。

我每天早上都和住院医师去看她，量量她的脉搏和血压，听听她的心脏，摸摸她的肝脏，然后问她："今天有没有觉得好一点？"她总是迟疑一会儿，想一想，说："好像好一点了。"从各项检查可知，她的病情一天一天在好转。

有一天下午，教授来了，看她颈部的静脉充盈还很明显，叫我带她去照相，准备做教材用。我推来一部轮椅，用圆珠笔沿着她颈部充盈的静脉画出弧线，说："走吧，我们去照相。"

在沉闷的病人生活中，照相似乎是一个不小的涟漪，她慢慢从病床上坐起来，有点拘泥地问："是照全身的还是半身的？"

"半身的。"我说。

隔床一个老太婆听到这位病人要照相，觉得很新鲜，在旁边插嘴道："要去照相？很少人像你有这种机会能在医院里照相呀！是照彩色的，还是黑白的？"

"彩色的。"我说。

病人似笑非笑地从床柜里拿出梳子略为整理头发，又依着老太婆的意思添上一件干净的外衣。病房里的女帮佣一个也不在，只好由我这个实习医师自己推轮椅。在穿过中央走廊时，迎面而来的行人很多，坐在轮椅里的病人显得有些不自在，不时转过头来，似乎要看看后面推着轮椅的人还是不是我。

"这么多人，坐着很不好意思，我下来走好了。"

"不行，你尽量不要走路。"

抵达教材室，我向摄影师交代几句后，让病人靠在标有米尺的墙壁上，她的脸上露出中年女子在被人注意时特有的神情。我叫她侧过脸去，好使颈部画有圆珠笔弧线的狰狞静脉对准镜头。

当闪光灯快速一闪时，病人闭起了眼睛，脸歪到一边，靠在涂着蓝漆的冰冷墙壁上，大概是别有一番滋味在心头吧!

照完相回来,隔床的老太婆问:"这么快就照完了?"她虽是第三者,但也有意犹未尽的意思。倒是当事者反而觉得怏怏然的,慢慢脱去她那件干净的外衣。

老太婆又问:"你们照的相片,会不会送一张给病人?"

我说:"这些照片是教学生用的,不会送给病人。"

我的眼前很快浮现在暗黑一片的第七讲堂内,学生坐着听讲,银幕上跳出一张放大的幻灯片,站在暗处的教授用光笔指着银幕上病人颈部充盈的静脉,那上面有我用圆珠笔画的弧线。教授手中的光笔沿着弧线来回移动:

"这是一位四十二岁的女病人,入院前三个月有心悸、呼吸困难、水肿等现象,检查时可见颈部静脉有明显的充盈现象。颈部静脉充盈是因为……"

大家静静地听着,两眼望着银幕。银幕上的女病人闭着眼睛,脸歪到一边靠在蓝色的墙上。大家都看着她颈部充盈的静脉,很少人注意到她的脸,即使注意到了,也如过眼云烟,没有人想要知道幻灯片中的女人是谁,她的身世如何、家庭生活如何。

而这个女病人现在就坐在我的面前,头靠在床上,又露出颈部狰狞的静脉来。

"我等一下叫护士拿苯棉来，把上面的圆珠笔痕擦掉。"

"谢谢。"

"不必谢。"说着，我就走了。

一个多星期后，病人的情况稍微好转，她办妥了出院手续后，到医务室来向医师和护士辞行并道谢。看到病人要出院，心情总是愉快的，我们也跟着说了些请多保重的话。

也许几年后，在一次闲谈里她会说："我以前也住过院，而且还照过相！在医院里照相就像……"她记起了闪光灯一闪的那一刹那，那是什么滋味呢？她仔细回味着……

每年总有一个时候，坐满学生的台大医院第七讲堂灯光暗了下来，银幕上出现一个闭着眼睛，脸靠在墙壁上的女病人半身照。

"这是一个四十二岁的女病人，入院前三个月开始有……"

不会有人想知道她是谁。

死亡边缘,回头猛省

我和住院医师带着病历及血压计,走进某间特等病房。

躺在床上的病人是一个四十八岁的中年男子,某某公司的董事长,他得的是令人闻之丧胆的心肌梗死症。

冷气开放的病室内,除了病人外,还有五个男人、两个女人,男的是西装革履,女的则浓妆艳抹。我和住院医师两人昨天都值班,一夜没睡好,医师制服也没换,显得有点邋遢,但这些人对我们倒是尊敬有加。在还未走到病床前,五位男士已纷纷将名片递到我们的手中,我们无暇细看,但觉上面有"总经理""业务经理""企划经理"等头衔,然后大家说了一些请多多关照他们董事长的话。住院医师和我习惯性地点点头,走到病床前。

从外表看,病人是一位相当成功的生意人。虽然在病中,但那张圆胖的笑脸似乎仍随时可能冒出"托福,托福。大家发财！"之类的话。从内科加护病房送来的病历，我们已知他的详细情形，但住院医师还是重新问他生病的经过。

病人的身体一向很好，七天前，为了生意而参加应酬，酒足饭饱后，胸部突然像遭受铁锤猛击一样，剧烈疼痛起来。他用手抓住胸口，说出"心脏……"两字，就昏了过去。送到急诊处后，在心肌梗死的诊断下，立刻被送入内科加护病房急救，直到今天早上才转到普通病房，准备做进一步的检查和治疗。

在我为病人量血压时，发现他的手肥厚而多肉。量完血压，他紧紧握住拳头，脸上流露出欣然，仿佛下定决心要重新握牢自己的生命般。他实在很幸运，心肌梗死症猝死的比例相当高，能够逃过这一关，生命等于是捡了回来。

住院医师看看环绕在他身旁的五个他的部属，个个都是干练的生意人，也许他们公司的业务相当兴隆而繁忙，所以他又特别关照病人一句："这几天好好休息，不要再去想公司的事情。"

病人笑着点头："一次就吓坏了。"然后自我解嘲地说："赚钱其次，倒是生命要紧。"

下午我为他做了心电图，病室里只剩下他和他的太太，气氛比早上和谐多了。做完心电图，病人边扣纽扣，边开玩笑地问我:"不会死了吧?"

我笑着说:"现在当然不会,不过得了这种病,以后要特别注意就是了。"

"生病前一个月是我最忙的时候,现在什么事都不能做,一下子清闲下来,倒觉得有点不习惯。不过这次生病也有好处,以前像牛一样整天忙个不停,也不知道在忙什么。忽然一生病,才知道自己已经老了,而且差一点死掉。我刚刚才跟我太太说,等出院后要带她去环游世界。"病人说着,以略带诙谐的温柔眼色看着他的太太。

他太太也笑着说:"以前连看电影都没有时间,现在倒有时间环游世界了。"言下之意似乎觉得她这个丈夫什么都好,就是能力太强,有做不完的事情在等着他去做。

"心脏病改变了我的人生观!"病人垂着眼皮,自得地说。然后又转过来问我:"这个每天看病人的医生最清楚了,王医师,你说对不对?"

"能够这样想也不错。"他的问题也是我经常思索的问题,但我只能做部分的解答。"以前我看过一个得癌症的病人,他在住院期间还天天聚精会神地听股票的涨落情形,像他这样就有点过分,不过也许他觉得很愉快也说不定。"

第三天我就调离了这栋病房,病人当时还没有出院,但他迟早会出院的。出院后,也许真的和他太太去环游世界,回来后重新过他想过的生活;也许又投入繁忙的业务中,像在迷宫中疲于奔命的老鼠一样,逐渐忘记自己为何而奔命,忘记这次生病的教训。当他被一股不属于自己的力量不断催迫挤压时,他也许会觉得烦躁,但他还是不得不被推着跑。直到有一天回头猛省,也许又在死亡边缘了。

哲学家克尔凯郭尔曾讲过一个故事:有一个人,他与自己的生命如此脱节,竟至根本不知道自己的存在,直到一个晴朗的早晨,他醒来发现自己死了,而他却从未面对或接触过自己的存在。也许死亡的教训太可怕了,所以人们总不愿记取它所带给我们的教训。

宣布死讯，心如电转

今天晚上值班。夜间的医院显得相当冷清，也许是医院的空间太大，总觉得灯光不太明亮，益增凄迷的气氛。白天有着不绝人潮与喧嚣的走廊上，不知何时已经安静了下来，只剩下三四个工人在走廊的那一头冲洗、打蜡。偶尔有一两个探完病意欲归去的人，也都低头在走廊上印下他们匆忙的脚步。

医院中的夜，似乎有点冷，大家都不愿多作停留。

小卖部只剩下我一个客人，几个服务员正忙着收拾，准备打烊。我坐在窗口慢慢啜着咖啡，让心灵保持一种空灵的状态。不知哪个病房传出一声凄厉的女病人的叫声，划破了医院表面的沉寂。

今夜，将是个多事之夜。刚刚和住院医师去看一位肺癌晚期的病人，他从黄昏就出现呼吸困难的症状，气喘不停。

我们去看他时，他已经虚弱得叫不出声音，只有胸部在猛烈而徒劳地起伏着。

"他可能拖不到明天早上。"住院医师出来后边走边说。大家都不愿病人死在自己的手中，至少不要让死在自己手中的病人数目太多，那将是一种心理负担。明天早上八点，病人如果不死，我们就可将他交给原来治疗他的医师，但长夜漫漫，病人要想平安地度过今夜，似乎已是不太可能的事。

喝完咖啡，回到医务室不久，紧急铃声又响了，一看红灯，正是那肺癌晚期的病人，我过去看时，发现病人喘得比原先还厉害，苍白而臃肿的脸上，淌满汗水，那眼神仿佛是待宰的动物，瞪视着室内的灯光，似乎已经预感到，他再也无法看到明天早上耀眼的阳光了。

我们已经给了他氨茶碱葡萄糖静脉注射，此时我又给他氨茶碱的肛门栓剂，希望能减轻他的症状，对一个病入膏肓的病人，这也只是一时的权宜之计。

回到医务室，我向住院医师报告了病人的情况，他摇摇头，笑着说："这个病人的死是 inevitable（不可避免的），我们尽力而为就可以了。走吧！我们去抽抽看病人的胸膜腔是否有积水。"

准备好抽取胸膜积水的设备，我和住院医师、护士又来到那间昏暗的病室。病室中除了病人的太太外，此时又多了两个年轻人，可能是病人的儿子及女儿，每个人脸上的表情都很肃穆，室内的空气凝滞，正酝酿着一股即将死别的气氛。

我和住院医师低着头，将躺在床上的病人翻个身，他的身躯相当沉重。然后拉上他的衣服、消毒。室内静悄悄的，三位家属就站在我们的身后围观，住院医师默默将五十毫升的空针筒递给我，戴着手套的手，在病人的肋间一按，示意我从那个地方刺进去。

当针尖裂皮而入时，病人几乎没有什么反应，但我可以感觉身后三位围观者的眼光。室内的灯光不够明亮，我只觉得眼前到处都是阴影。针尖慢慢深入，终于穿透仍具弹性的胸膜，然后我开始往后抽，结果什么东西也没有。住院医师又试了一次，还是一样，我们只好颓然放弃。

收拾好东西，住院医师向家属说："抽不到水。"病人的太太默默朝我们一鞠躬，她的神态使我想起殡仪馆中答谢吊唁者的未亡人。

凌晨两点多，病人已到弥留的地步，接了值班护士的电话后，我从床上爬起来，边穿上白衣边急急忙忙地跑过去。此时病人的脉搏已经摸不到，心跳也听不见，亦无呼吸的迹象，但手还是温的。

真的是不幸言中,他已拖不过今夜,天命如此,但人力总是要尽的,我立即对病人施以心脏按压,一边向护士说:"快!强心剂!"

护士拿来强心剂,我一针刺入病人的心脏,再度施以心脏按压,然后将听筒附在病人的胸口,结果什么声音也没有。用手电筒探照病人的瞳孔,瞳孔也已经放大,他已经死了,一寸一寸地死在我的手中。

向病人家属宣布病人死讯,是一个残酷的经验,我从没有过这种经验,一时心如电转,病人真的死了吗?就这样死了吗?我是否有什么顾虑不周的地方呢?

时间一寸一寸地溜走,三个家属的眼睛都痛苦而焦急地望着我,我发现我的迟疑,已经错失了宣布病人死讯的适当时机。在稍稍的停顿后,要将"死"字说出口,已变得非常艰难。

一个生命的结束,往往是非常草率的,而我是负责宣布他死讯的见证人,我不能再迟疑,蒙眬中,我又将双手附在病人的胸口上,再度按摩。我不是不相信,而是我必须这样做。按摩几下后,依然听不到心跳;探照瞳孔,依然是散大的空茫。

这次我不再迟疑,望着病人的脸,用一种低沉的声音说:

"他已经过世了。"

于是病人的妻子,附在死者的身上,发出了哀伤的啜泣。

任性的妻子，慈祥的母亲

深夜，产房中仍然灯火通明。在连续接生完两个足月自然分娩的男婴后，产妇已静静地躺在产台上休息，婴儿也送往婴儿室，家属或忙着去报喜，或在外面小憩；待产室中只剩下一个早期破水尚未开始阵痛的待产妇。产房获得片刻的宁静，我处理完胎盘，将它放入冰箱后，坐下来填写产后记录。

自从当了实习医师之后，我已习惯于在午夜工作。在午夜神驰，那将近凌晨的平旦之气，包容着我，也滋润着我焚膏油以继晷的躯体，像凉风吹着一张酒醉的脸，风中微微可嗅到一股孜孜不息的自然生命气息。特别是在产房，更有一种呼之欲出的生之喜悦。

产房入口处的纱门，不意地被推开，一个圆熟的大肚子呈现在眼前（我们总是先看到肚子），穿着宽松衣服且略带慵懒的孕妇，由她先生搀扶着，以维艰的步履走进来。

检查结果，子宫口开两指，阵痛约十分钟一次，每次痛约十秒钟。我们将她留在待产室待产，一面请她的丈夫到急诊处去办理住院手续。

待产室的陈设相当简单，一间四四方方的房间，纵横摆着几张床铺和床柜，为了保持隐私性，每个床铺边都围有长可及地的绿色帐幕；为了保持静谧的气氛，灯光也总是弄得暗暗的，看起来就像一个个小小的生之炼狱。也不知道有多少母亲为了新生命的诞生，在这里痛苦、呼号过一夜、两夜，甚至数天的时光。

她的丈夫从急诊处办完手续回来，到待产室陪太太。总住院医师和住院医师躺在里间的沙发上休息。当妇产科医师真辛苦，据说以前有位医师，在他当总住院医师那一年，舒舒服服地躺在床上，一觉睡到天亮的时候竟没有超过十天。待产室中的两个孕妇还不会马上生产，有值班护士在照顾，也许我也应该到地下室去休息片刻，但我却没有睡意。

待产室中传出刚刚住进来的那位待产妇的哀号声，那是一种任性、夸张、有点歇斯底里似的哀号。在没有事的时候，我经常借倾听待产妇阵痛时的呼号，来推测他们夫妻两人间的关系。有些待产妇即使痛得全身微微颤抖，但仍咬着牙，紧紧抓住丈夫的手，发出低低的、被潜抑的呻吟声，只用她的眼神温和地表示她已痛苦到极点,需要安慰、关怀和帮忙。但有些待产妇则是极其任性且夸张的,呼天抢地,两手乱挥,挥掉丈夫伸过来的手,口里发出"我不要生了!"的愤语。

虽然每个人对痛苦的忍受程度不一,但由此多少也可窥出一个女人的个性和夫妻的关系。这位待产妇的叫声越来越大且越密,我拿着胎音器走进待产室。

她丈夫微曲着身子,抓住她不断乱挥的手臂,不时低声呵护。见我进来,低声对他太太说:"医生来了。"

阵痛过后,她稍稍止住哭号声,原先侧着的脸翻过来,在昏暗的灯光下,我看到的是一张云鬟散乱、带有泪痕的秀丽脸庞,她是一个容易令人引起爱怜之意的女人,但何以哭声会如此的凄厉?

"医生,李教授为什么还不来?"她以一种虚脱般的声音问。

"马上会来。你不要担心,他一定会来为你接生的。"我安慰她说。子宫口已开三指半,只要阵痛再强烈再密一些,新生命马上就要诞生。我将胎音器附在她隆起的腹部上,小生命的心脏正在雀跃地跳动着,似乎已知道他即将来到人间。

也许因为太过疲惫,她的叫声慢慢地不像原先那般凄厉。她丈夫好不容易获得一个喘息的机会,悄悄走出待产室,正好和我打个照面，对我拘谨地点头微笑，然后在明亮的灯光下逡巡不前。我想他是一个惧内的男人，在太太即将临盆的时刻，他急需找一个人来分享他做父亲的荣耀和喜悦，但在这样的深夜，在他眼前的却只有我这个陌生的实习医师，他只能无言且拘谨地对我露出"邀请式"的得意笑容。

我也对他笑一笑，表示我已了解且分享他的荣耀和喜悦。

产妇送上产台后，李教授也来了，我们开始洗手，准备接生。在产妇一波高过一波的挣扎声、努力声和呼号声中，一声雄浑的男婴哭声压过一切。听到这声生命的讯息，母亲露出了一个含泪的微笑。

"宝宝，乖乖，不要哭。"她微微抬起头来，温柔地说。也许她是一个任性的妻子，但她仍将是一个慈祥的母亲。

世界必须阵痛，卑微的花儿始得开放，更何况是一个人类的生命？

生命何价？拈花微笑

下午到病房，发现黑板上又新添了一名病患，看看床号，是我的病人。

翻翻病历室送来的病历，原来是一个慢性骨髓性白血病的病人，也就是俗称的"血癌"。

我带着实习医师的全套设备，走进那间三等病室。病人显然刚到不久，正坐在床上审视周遭的环境，两个女人则忙着安置东西。

我把血压计、病历及杂七杂八的检查工具往床柜上一摆，两个女人立即停下手边的工作，几乎可以说半强迫性地把我拉到病房外边的走廊上。

其中一个女人站在窗边对我说："医生，病人是我先生。他的病已经看了很久了，从南部一直看到台北来，我们已知道他是什么病，但我们一直瞒着他。希望……你不要把他说得太严重。"

我看着她涂着口红但却显得无奈的嘴唇,一时不知道该说些什么才好。另一个女人则站在走廊中央,悄悄地朝病房中窥探,看病人是否注意外边的谈话。

"他的病说严重当然严重,但如果治疗得当的话,也还有五六年,甚至八九年的生命,一味隐瞒恐怕……"

我低着眼,望向窗外。

窗外与隔栋病房间有一个小花园,在绿草如茵的远处,有水塘和垂柳,近处有一丛色彩艳丽的花朵,在午后凝滞的阳光下,隔窗俯望,给人一种静谧的美感,但它依然掩不住痛苦与死亡。

我虽不甚赞同病人太太的看法,但我上面还有甚多资深的医师,要评断一个病人的病情发展,也不是我这个实习医师所能够置喙的;不过,和病人接触最密切的却是我,所以最后我答应和病人交谈时,在言词方面多加留意。

再度和两个女人走进病室时,仍然坐在床上的病人笑着问:"你们在说什么呀?"

两个女人立刻岔开话题。

在我问病历时,病人对他的病发经过讲得非常完整,诸如倦怠、脸色苍白、齿龈出血、腹部胀感等,然后就是一再地求医，西医、中医、打针、吃药、输血，最后到了台大医院。他很有条理，很心平气和地说完他的病历，两眼望着我，面露微笑，似乎在等待我的"判决"。他可能对他的病一无所知吗？我不太相信，我毋宁相信他已经知道事情的真相，而且对这枚苦果已反刍了很久。

因为受了他太太的付托，我并没有给他"任何"忠言，在两个女人制造出来的愉快气氛中，做完检查就悄悄走了出来。

几天后，我意外地在小卖部的咖啡座里遇到他。他一个人在那里喝咖啡，愉快地招呼我入座。

"刘教授今天早上来看过我了。"他说话总是慢吞吞的，听不出喜怒哀乐。

"你的病由刘教授来主治，应该可以放心了。"

"是啊，我在想等病控制一段时间后，以后定期来看门诊就好了，以前浪费太多时间了。"

我微笑看着他，不知道他意何所指。

"我太太那天一定告诉你不要说我得了什么病，对不对？其实我早就知道了，我真担心有一天她晓得我知道以后，崩溃的恐怕是她，而不是我。"

虽然我并没有做错什么事，但仍有一种被揭穿后的尴尬，我说:"其实你的病如果控制得好,也许还有七八年的……时间,人生也不过是七个或八个八年而已。"

"就是说嘛!如果我能活三百岁,我现在可能什么事都不做,反正还有两百多年,急什么!"

这一次他笑了,就像佛陀拈花示众,而迦叶报以微笑一般。生命何价?能够见花微笑,也值回票价了。

正因为人生苦短,所以才能创造出那么多可歌可泣的故事;也正因为五言绝句只有二十个字,所以能写出那么多凝练精纯的诗篇。有极限是好的,只要不太过匆促,有容纳一朵花和一个微笑的余地,就是一种赐福。

"那你应该告诉你太太,不要再假装了!"我说。

"我正准备要告诉她,欺骗也是一种时间的浪费呀!"他笑着说。

我相信他会将这件事处理得很好,而且生活得很好。一个会写诗的人,是不会因为五言绝句只能有二十个字,而抱怨说无法让他尽情发挥的。

七个"走索者"

同寝室的七位实习医师,搬进医师宿舍已经一个多月,但生活一直无法上轨道。几乎每天晚上都有人值班,有人在外科待命(急诊开刀),三更半夜仍有人摸黑在寝室里进进出出,总有那么多急迫的、不断的电话铃声。

一天中午,室长何德宜向大伙儿说:"明天晚上大家一起出去吃饭吧,生活太紧张,也该放松一下。"于是调班的调班,不回家的不回家,第二天晚上七个人盛装到中山北路一家餐厅"打牙祭"。饭后,剔牙的剔牙,打呵欠的打呵欠,呆坐的呆坐,不知为什么,总觉得没有学生时代吃喝玩乐的那股豪情逸兴。

今晚的盛会似乎不应该就此结束,但偌大的台北城,大家竟一时想不起来还有什么地方可以去。最后林肇华提议到附近某饭店顶楼的陶然亭,他要弹几首钢琴曲"以娱嘉宾"。

林肇华的钢琴造诣颇高,学生时代即出入各大饭店、餐厅,以弹钢琴赚取外快,想不到陶然亭亦是他的地盘之一,于是大家欣然前往。

时间尚早,陶然亭中的座客寥无几人。林肇华以行家的姿态坐上琴师的位置,试琴,弹了几首他拿手的曲子。台北城黄金地段的高空之夜,竟是这样的静谧,中山北路偶尔传来的车声,遥远得仿佛来自另一个世界,但闻琴音缭绕,不绝如缕。大家不知不觉走到钢琴旁,林肇华边弹边说:"要唱歌的报名。"

"大家一起唱好了,我们七个人好像还没有一起唱过歌。"何德宜说。

"唱一首流行歌——《往事只能回味》。"因和人打赌而戒烟的老彭在一旁怂恿。

"好!"林肇华用手一滑琴键,在大家的清喉咙声中,弹出软绵绵的前奏。

"时—光———去—永—不—回,往—事—只—能—回—味……"

这虽是一首极为通俗的歌曲,但由七个四舍五入已是而立之年的大男人,以沙哑、破碎的声调唱出,却别有一番滋味。在温柔的灯光中,每个人互望的眼神都是美丽的,仿佛是在追忆逝去的时光。

大一大二的时候，不知天高地厚，效那阮籍的猖狂，喝完酒后，耳上戴着杜鹃花列队在女生宿舍门口唱歌，当时对医学只有一个模糊的概念，但并不计较，总觉得它迟早会降临到自己身上的。大三开始跨进医学的门槛，面对的却是一股足以粉碎你的力量，每天天色还灰蒙蒙时，医科同学已从温暖的被窝中爬出来，带着组织切片和解剖器械，从校总区的第六宿舍搭车到医学院，以冰冷的手去触摸比我们更加冰冷的显微镜和尸体；考试如排山倒海而来，墨迹犹如泪痕，一次又一次地印在那几乎可以订成一本书的试卷上。

当见习生时，笨拙、心虚，加上病人的不理不睬，使自己像小老鼠般在偌大的医院里东奔西窜。如今成了任劳任怨的实习医师，每天检查病人的大小便、拉钩、写病历、填检查单……回首前尘，真的是"时光一去永不回，往事只能回味"。

林肇华边弹边唱，很像一回事。他忽然抬起头来，眯着眼睛对我唱："你—就—要—变—心……"，看他那一副自我陶醉的神情，仿佛有几分是在唱给自己听的。他很适合去当音乐家，听说他毕业后准备到日本去深造音乐，他为什么要学医呢？

有多少人只因当年"误入考场中",结果竟至"一陷六七年"?

世人对医师的看法,往往趋于两个极端,一是像施韦泽般具有伟大情操的圣哲,一是唯利是图,满身铜臭的"吸血虫",而且这种心态似乎是与生俱来的,或在一夜之间形成的。而少有人知道绝大多数医师都走在他们"心灵的钢索"上,在这两个极端间摇摆不定。有一段时间我也曾自问:我为什么要跃上这条冰冷的钢索,去承受种种的不虞之誉或者不虞之毁呢?我们只是经验生疏而且睡眠不足的新来的"走索者",在多风雨的钢索上,我们战战兢兢维持自身的平衡,有的只是来自同伴眼中戒惧的、了解的眼神。

"走索者"都是沉默的,对任何的毁誉我们只能无言。如有同伴拒绝再走索或者失足,我们也只能无言,无言就是最好的了解,没有人能比我们更了解他。

是夜,七个"走索者"意兴阑珊地回到寝室,带着"往事只能回味"的余韵上床。明天又将是忙碌的一天,我们的路还遥远得很呢!

急诊室中的欢喜冤家

今天晚上急诊处内科的病人相当多,住院医师和我在呃喝声、哀号声、杂沓的脚步声、推车声及阵阵汗臭中,忙得不可开交。从晚上八点到十一点,一共处理了十几个病人,其中两个急性胃肠炎和一个尿路结石的病人,在治疗后症状有了改善,已经回家去了。两个中风病人仍然不省人事,躺在推车上,同病相"邻"。

一个肺结核晚期的女病人,来时呼吸已极困难,我们立刻请耳鼻喉科的三人机动小组,来做紧急气管切开术,但已回天乏术,她的遗体随着家人的哀泣声被送往太平间,留下来的位置又立刻被一个急性胰脏炎的病人递补上。另有一个十二指肠出血及一个类似肺癌的病人,都在等待住院做进一步的检查,但内科病房今晚没有床位,他们只有在急诊处等下去。

十一点过后,没有病人再进门,住院医师入内休息,我仍守在正对着急诊处入口的内科柜台内,这时,一辆出租车在急诊处门口紧急刹车,车内走出一对年轻的男女,女的用手捂住胸口,男的扶着她,一跛一拐地走进来。护士和我立刻迎了上去,将病人架上推车,推进内科诊疗室。

躺在推车上的病人,仍用右手抓着左胸口,脸色苍白而且盗汗,似乎不胜痛楚的样子。

"胸部在痛是不是?"我问。她点了点头。

"痛多久了?"

那个男的大概是她的男朋友,抓着她另一边的手,代她回答说:"差不多二十分钟了。"

"是阵痛,还是一直痛?整片地方痛还是固定某一点在痛?痛会不会转移到别的地方去?"我一口气问了几个问题,说实在话我有点紧张,因为她抓的部位是心脏,而实习医师最怕的是心脏病,搞不好是心肌梗死、肺梗死或其他不为我所知的心脏病。

病人用手大略地指一指范围,是相当大的一片区域。反正先止痛要紧,我叫护士赶快准备有麻醉效果的止痛剂,然后将听诊器按向病人的胸部。奇怪的是,病人心跳及呼吸除了稍微加快外,其他都很正常,年纪这么轻,不可能是心肌梗死，也不像气胸，到底是什么病？一时看不出来。

护士拿来止痛剂，我抓住病人的手，准备注射。病人突然手脚乱挥，叫嚷着说："我不要打针！"

很少有病人在痛得受不了时，会拒绝打针的。我和护士及她的男朋友，抓她都抓不住，看着她不断挣扎及脸上的哀怨之色，我忽然灵光一闪，莫不是"歇斯底里症"？

"你们刚才有没有吵架？"我连忙问她男朋友。

"没有啊！刚刚去冰果室吃冰，我和冰果室的小姐搭讪了几句，她的胸口就开始痛了。"

"以前有没有过这种痛的经验？"

"有一次也是出去玩，忽然胸口就痛起来，但这次比较厉害。医生，会不会是心脏病？"

"我想可能不是。"我略带诙谐地看着他。心里想说：如果你们要永远在一起，那类似的情况可能还会层出不穷呢！

我转向病人说："现在还痛不痛？还痛就要打针！"

"比较不痛了。"她有点哀怨地说，气色好多了，似乎因为她男朋友的表白，而获得不少宽解，但两眼仍一再回避他关切的眼光。

我再度拿起听诊器，听她的心跳和呼吸，觉得没有任何异常。"还痛吗？"

"还有一点点。"

"好。"我尽量摆出一副已"窥知"她心事的神色说:"心情放轻松一点,不要想不开。现在打一针让你的心情平静下来。"

这次她没有拒绝。在注射镇静剂后,她疲倦地睡着了。看她男朋友一脸无告的样子,我对他说:"这是歇斯底里,她在受到刺激后会产生这种症状,有的是胸痛,有的是手脚抽搐或其他奇奇怪怪的症状等,希望引起对方的注意,表示她'受到伤害'了。你以后要小心啊!不要随便跟女孩子搭讪。"

他不好意思地摸摸头。

凌晨一点,又来了一个女病人,这次是真的心脏病,一看就知道是郁血性心脏衰竭。在我为这位新来的病人注射利尿剂时,隔床就是那一对年轻男女,这时女孩已经醒来,男友坐在推床边,抓着女孩的手正在喁喁私语,像一对欢喜冤家。夜已深沉,看来他们今夜只好在急诊处度过了。这将是难忘的一夜,在众多辗转反侧的病人中,他们的爱情在一次考验后获得暂时的加强。但以后呢?那就不是我这个实习医师能够预测的了。

鲜血带来的悸动

六年级时,第一次进开刀房,就像新媳妇初次下厨房,新奇中充满了紧张。在更衣室换好了宽大的手术衣裤,戴上口罩和帽子(一种奇怪的绿帽子),穿着木屐,"喀嗒喀嗒"地走进开刀房。手术室外的走廊上,每个医师和护士都变成了蒙面侠,露出一双眼睛,仿佛都在看着我,走着走着,一学期很快就走过去了。

当时我们只能站在手术台的外围,伸着头透过前面医师的缝隙,去窥看血淋淋的手术场面。血令我激动,我试图更加逼近它,甚至去触摸它,但不能再近了,再近就会换来主刀医师的斥责。当时想,明年当实习医师就好了,即使是拉钩,只要能让我接近病人,我就会变得兴奋而清醒,为什么会有这种莫名的渴望,我不太清楚。也许,在沉闷而平淡的生活中,"血"正代表着生命的悸动吧!

当了实习医师后,第一天到外科,开完早会就进了开刀房。病人已经四平八稳地躺在手术台上,他是一个肝癌病人,要做肝切除手术(这是一项相当烦琐的手术),此时他两眼正一眨不眨地望着他头顶上的手术灯,像在祈祷,也像在回忆他的一生。住院医师和我走过去,拍拍他的肩膀。

他惶然地转过头来,问:"要开始了?"

住院医师说:"是的,你不要紧张。"然后,我们将病人的四肢绑好,打完点滴,麻醉医师也来了。趁着在做全身麻醉时,我和住院医师出去刷手。

刷完手回来,穿上手术衣,戴上手套,走近手术台,病人在全身麻醉下已不省人事,我们开始消毒他的上腹部,此时总住院医师也"全副武装"走近手术台,大家做好准备工作,林教授适时走了进来,他用戴着手套的手按一按病人经碘酒与酒精消毒而呈深黄色的上腹,问:"血压多少?"

坐在绿色遮布后的麻醉医师说:"一百二十,八十五。"

林教授抬头看看钟说:"好,开始。"他伸出右手,护士不偏不倚地把解剖刀放在他的手掌上,另一位护士也把病人注射的点滴换成鲜血,一切都配合得完美无间。

在那一圈明亮的手术灯光下,林教授手中的解剖刀长长一划,病人的肌肤即沿着刀尖裂了开来,微小血管不断渗出的血液,一下子把视野所及之处染红了,一位住院医师忙着用夹子夹住血管,另一位用电针止血,我的工作是用纱布拭去污血,好让他们能看得清楚,这是一件相当微不足道的事,但身为一个学徒,所能做的事也只有这些了。也许这是世界上最艰难的学徒,为了能在开刀时擦擦血、拉拉钩、绑绑线,我已经读了十八年的书。

林教授的解剖刀一层层剖析下去,如同长满癞痢毒瘤的肝叶,终于无所遁形地呈现出来,它那狰狞的面目令人作呕,我似乎闻到一股腥味。一个善良的人,怎么会在肚子里长出这么大的一个毒瘤?而且还贴着他的肚皮……

林教授用手摸一摸这个硕大的、不知节制的毒瘤,似在抚玩,也似在感叹。这时我的工作是拉钩,我两手拿着两个深大钩,用力往外拉,当林教授用他自己发明的肝脏钳子,在肝的左右叶两侧处夹住后,以钳子在肝叶上压榨,毒瘤仿佛在做最后的挣扎,污血不断涌出,病人的腹腔一下子变成一个血池,模糊一片,但见林教授的手熟练而迅捷地在里面抓掏,不时有小血柱朝上喷涌。血!我看到了血,血水不断上涌,用吸滤器也吸不完,只好用手拨出来,一摊一摊的血水溅在我的手术衣上,透湿了衣裤,我突然感到一阵冷,一种颤心的冷,我拉钩的手更加用力了,整个人几乎蹲下来,心里怀着一种类似感恩的奇怪想法。

林教授和总住院医师将割离的癌瘤捧出来,它像一个千疮百孔的大肉球,仍有鲜血汩汩流出。我好奇地伸出手去触摸它,温温的。

将病人的肚皮缝好后,手术完毕。我拿一个大塑胶袋,写好标签,将割下来的癌瘤装进去,提着它走出开刀房。在等待室叫来病人的太太,打开塑胶袋,说:"这就是你先生的肝癌。"

她掩鼻皱眉地瞥了一眼,转过头去不敢再看。我小心将它包好,这时才发现我的木屐上也全是血迹。

微妙的默契与对立

许多遭遇不幸的人,原先分散在社会上的各个角落,但是也许有一天,他们就像约好似的,同时出现在某个场合,那种情形,除了巧合之外,更隐含一股向命运之神做无言抗议的慑人力量。

今天下午到石膏室,惊觉于天下竟有这么多手足残废的人。一二十个病人,男女老少都有,或坐或站,有的挂着拐杖,有的由家人搀扶,集中在石膏室的入口附近。当我走近时,两个坐在长椅最外侧的中年病人正在热络地交谈着,其中一个断了左腿,一个断了右腿,两根拐杖靠在一起,两个人的头也几乎碰在一块儿,左边这个人还伸出空着的手去抚摸对方左腿上的石膏,露出了解与关怀的神情。

当我走过时,他们不约而同地停下了交谈,审慎地打量着我,然后对望一眼,似乎不愿让我分享只存在于他们两人之间的默契。

在我跨进石膏室的入口时,背后又响起他们的交谈声。我不禁苦笑,医师与病人之间似乎永远存在着这种微妙的对立关系。

石膏室内已是一片混乱,总住院医师和住院医师正忙着用电锯除去一位手臂骨折患者的石膏,石膏粉末沿着电锯喷溅,我帮忙去扶着病人不住震动的手臂,在脏硬的石膏上"杀出"一条通路后,剥下石膏,除去棉絮,露出病人久经石膏包裹而失去弹性的手臂来。病人好奇地看着它,仿佛那不是他的手臂。

总住院医师摸一摸、捏一捏他的手臂,叫我们准备石膏。"还要再包石膏?"病人怜惜地看着自己的手。

在病人的自我怜惜中,我们已迅速将浸水发烫的石膏布裹上病人的手臂。石膏一下子就硬了,变成一个坚硬的外壳。病人兀自不信地看着自己的手,摇摇头,坐到一边去。今天的病人实在太多,我们也没有时间向他多做解释,住院医师拍拍他的肩膀说:"很快就会好的。"这几个字等于我们的千言万语。

在接连处理完五六个病人后,最后有位妇人牵着一个小孩走进来,小孩的腰上套着一卷石膏,像古代战士的护胄,当然他不是战士，他只是一个畏缩的小病人。手上拿着电锯的住院医师像拿着一包糖果般接近他，露出圣诞老人的微笑："小朋友，你好乖，好勇敢。"然后以电锯迅速将他身上脏硬的石膏除去。

在除去石膏后，小孩即被架到一座原先为我所疏忽的大型"机器"上，它由许多钢条所组成，从表面上看，我无法确知它的功用，等到将小孩绑住，横悬在机器上时，我才晓得它原来是用来矫正小孩弯曲的脊柱。

在主治医师的操作下，几条钢管开始巧妙地运转，小孩弯曲的背部遂被缓慢而稳定地往上抬，悬在空中的他因惊惶而发出童稚的哭声。这一幕太惊人了，我有一种似曾相识的感觉，它太像某种刑具，我有呼之欲出的印象。然后我忽然想起，它给我的感觉就像卡夫卡《在流放地》小说中的执刑机器。

"这的确是部独特的机器，"我发出类似那位研究旅行家的感叹，"一种具有治疗效果的刑具。"但小孩不会觉得他是在接受治疗的，他可能会觉得这是一种处罚，一种对他脊柱弯曲的处罚。

小孩的腰部被固定好后，大家手忙脚乱地在他的腰背部包上石膏，我也趋前去糊平尚未硬化的石膏。

然后机器又再度巧妙地运转，所有的钢管和钢板慢慢退让，我们从里面将小孩抱出来，他的脸上满是眼泪和鼻涕。住院医师摸摸他的头："小朋友，好乖，好勇敢。"

他并不理会住院医师的安慰，就像一头受惊的小鹿，将头紧紧靠在母亲的小腹上。

总住院医师向护士小姐说："下一位。"

护士小姐拉长声音呼唤病人的名字，走进来的正是刚刚我看到的那个断了左腿的病人。他坐下来，将拐杖挂在肋下，我将病人包有石膏的脚踝抬高，住院医师拿着电锯开始锯石膏。我侧着头避开石膏末的喷溅，看到那个断了右腿的朋友正站在旁边，皱着眉头，仿佛我们锯的是他的腿。下一个就轮到他了，也许他们是因为断腿才相识的呢！

生命可以比较吗？

二东病房住着一个瘦瘦的年轻人，他得的是胆管结石症，开过两次刀，已经住院一个多月。我调到这栋病房时，他一天打三瓶点滴，每隔六小时一次针剂，伤口处插有引流管，仍不时有脓水流出，那就等于是整天要躺在床上了。

在他身上，能做静脉注射的地方几乎都已针孔累累，我第一次为他打针，感到非常棘手。凭着我这些时日来日夜不断地磨炼，静脉注射已能得心应手，虽不能说"百发百中"，但说"对不起"的机会的确是越来越少了。

第一次替他打针，打的是点滴，挂好点滴瓶，看看他的左手、左脚、右脚、右手，都找不到一条理想的静脉。他看我在迟疑，曲一曲右手掌说："这里有一条。"我抓过他的手仔细一看，他的右手背拇指与食指缝后端果然有一条静脉，虽然完好，但管径不大。

我说:"这里很难固定,手指或手背稍微一动血管就会破。"

"没有关系,先打进去再说。我自己会小心的。"他的眼光沿着自己的手臂而上,好似在检阅那一排排的针孔。

久病的病人不是非常苛求,就是非常体谅医师。我抓住他的手,消毒,然后将针尖刺进去,我小心地用棉花和胶布固定,把他的手放好。

"你的技术不错。住院一个多月,打了几百针也数不清楚了,唉……"他摇头苦笑。

他的年纪比我轻,竟发出属于老年人的叹息。我很难安慰他,还有很多病人等着我去打针,我只好笑一笑,推着装满点滴的推车走了。

通常,外科病人是由住院医师换药的,但是有一天,住院医师实在太忙了,由我代劳,我推着换药车,又来到这位胆管结石病人的床边。病床边坐着一个年轻人。

"我以前住隔壁这床,胃出血开刀,上星期才出院,今天特意来看他。"他看看床上的病人,一面向我打招呼,显然,他们因为邻床养病而交成了朋友。

"这样很好嘛!"我边说边解开覆在引流管周围的纱布。在引流管伸进腹腔的部位,有突起的肉芽组织,红红嫩嫩的,上面有少许脓。

病人探起头来看，摇摇头说："还是没有好。"

"哪里有那么快。"他的朋友安慰他说。

"你比我晚住院，却比我早出院。我不知道还要拖到什么时候？已经瘦了差不多十公斤了！这么年轻就得了这种重病，唉，人比人实在气死人……"

"每个人都不同，怎么能比呢？"他的朋友开始劝他。

我一边换药，一边听他们交谈。的确，要怎么比呢？以前有两个女孩子都因尿毒症而住院，刚好也是隔床，医师建议她们换肾，结果其中一位女孩的母亲答应捐一个肾给她女儿，而另一位母亲却不肯。没有获得捐肾的女孩，在这种比较之下，认为自己的母亲不如别人的母亲，而在病房里啜泣。怎么比呢？是不是每一个母亲都必须将肾脏捐给女儿呢？

母爱又岂是可以比较的呢？再说爱情可以比较吗？友谊可以比较吗？生命可以比较吗？

当天晚上我值班，在东边三个病房跑来跑去，忙到凌晨一点半，又拖着疲惫的身子到外科医局去抄当天住院病人的名单。躺到床上不久，十二病房有个病人要导尿，我又迷迷糊糊地过去，迷迷糊糊地回来。刚睡不久，电话铃又响了。

"王医师，已经六点了，今天要抽血的病人很多。"

于是在清晨的微光中，我又匆匆忙忙地跑到各病房抽血、打针。到二东病房时,看那位胆管结石的年轻病人睡得正熟,脸上犹有稚气。

何必比较呢?我这个实习医师有时候倒很羡慕你呢!

老教授的慧眼

陈教授的皮肤科初诊一向妙趣横生。早上九点,住院医师和我已经在初诊室内各就各位,住院医师的工作是写病历,实习医师是抄药单。我们为陈教授准备了一份报纸,因为陈教授往往只需看病人"一眼",就可下诊断,他这"一眼"就够我们忙得团团转,所以我们为他准备了一份报纸,好让他打发时间。

高高瘦瘦的陈教授来了,把守第一关的五个五年级见习学生还没有交病历过来,陈教授翻开报纸,和我们谈了一下国际局势。一个见习生带了第一位病人进来,病人就坐在陈教授对面的小椅上,双手挽起两个裤管,露出有着皮肤病变的两腿来。

陈教授挪开报纸,看了病人的两腿"一眼",问:"会不会痒?"

"会。"病人低头看着自己的腿说。

"好。"陈教授又拿起报纸,用英文念念有词:"Eczema Nummular(钱币状湿疹)。"然后又念了治疗药物的名称,我和住院医师忙着抄写。以最快速度抄好药单,我将它拿给病人,并探出头来,深深地注视病人的双腿一眼,希望这种钱币状湿疹皮肤病的"影像"能永远印在我的脑海里。

住院医师将药单递给病人:"到楼下领药。药膏拿回去擦,药丸拿回去吃。"

"已经看好了?"病人一手拿着药单,一手抓着裤管:"我以为还没有看呢!"

陈教授挪开报纸,露出他那充满古典意味的脸笑着说:"刚刚就看过了,药膏拿回去擦就会好。"

我们都会心地一笑。也许有人会认为一个教授看病怎能这么草率?殊不知大部分皮肤科的病通常只要看"一眼"就能下诊断,如果一眼看不出来,看两眼、三眼……甚至一百眼都看不出来。这就是经验,经验是用什么都买不到的。

记得五年级当见习生时,在皮肤科初诊,总觉得相当紧张。把病人带进预诊室,病人露出他身上的皮肤病变,若不是简单而明显的皮肤病,譬如香港脚、疥疮、荨麻疹等,我就会对着空白的病历,不知如何下笔。我翻翻陈教授用中文写的皮肤科"圣经",也看不出什名堂。书上的叙述大抵如:"境界明显的红斑,稍有结痂或苔藓化及落屑""始为红斑,中央生小疱,立即变为厚的脓疱,再变为结痂灶。"看到这些字眼我就头大,更何况病历还是要用英文写的,所以经常流了满身大汗才勉强挤出两三行不忍卒读的症状描述。

而陈教授只要看一眼就够了。这对我们是一种挫败,也是一种鼓励。陈教授是改制后的第一届台大医学院毕业生,他偶尔会向我们谈起三四十年前学生时代的往事,这些往事就发生在这栋古老的医院里,我们好奇地倾听着。

"我们当时考试就只考一题,考试题目就是教授叫进来的病人,学生问病人的病历,然后做身体检查,然后下诊断。教授在旁边看,顺便问你一些问题,就是这样。"陈教授荡漾着笑意的两眼,谁也不看,好似在回忆三四十年前的往事。

我的眼睛望向窗外,看到一东病房及中央走廊的红砖与门窗,门窗之内有来来往往的人影和无声的喧哗。这栋医院三四十年来似乎没有改变多少,但有些改变是要细细去体察的。譬如我很难想象古拙的陈教授,在三四十年前是什么样子?又譬如我是三四十年前的学生,教授叫进来的病人(考试题目)刚好是个皮肤科病人,我得的分数很可能是零分。

老教授们经常谈起他们那个时代的"名医",所谓"名医"就是看病人"一眼"就晓得是什么病的医生,因为那个时代检查的仪器少,看病全凭经验和功力。如今检查的仪器五花八门,医学新知识不断累积,我们要学要记的东西太多了,考试的题目也跟着千变万化。数不尽的心电图、X 光片、显微镜、内视镜、一试管一试管的血挡在我们和病人之间,通过这些东西,我们看到的病人是支离破碎的!我们用机器、用无数的数据来解释病人!以前的"名医"已不再了吗?或者必须赋予一个新的定义?

可怜天下父母心

晚上七点,灯火通明的急诊处,在阵阵喧哗的人声中,有一股不安的气氛。

我们刚将一个"颅内出血"的婴儿送往小儿科病房。这位七个月大、脸色呆滞且有黄疸的婴儿,在外面被误诊为"肝炎",治疗几天情况越来越坏,母亲不放心,又将他抱来台大急诊处求诊。我们看婴儿头部的前囟门鼓起,就知道事情不简单,显然是因为颅内出血才造成前囟门的鼓起及黄疸,将他诊断为肝炎实在是相差十万八千里。住院医师目送抱着婴儿往病房方向走去的母亲背影,不住摇头。要将这个孩子救活的希望并不是很大,但外面的医师也太大意了,竟然说他是"肝炎"!

接着小儿科急诊来了几个发烧、腹泻的小病人,不是上呼吸道感染,就是急性肠胃炎,情况严重的病人留下来输液及观察，轻微的在治疗和开药后，就请他们回去。大医院和小医院不同点之一是，大医院不会千方百计想挽留病人，有时候甚至会主动请病人回家，因为留下来也是一样，那为什么不让病人回到温暖的家呢？

在接二连三来的四五个病童中，有一个两岁小孩，是由父母远从板桥坐出租车抱来的。他的症状是发烧、虚弱、不想吃东西。肛温为三十八点八度，喉头发红，白细胞稍微增高，其他没有什么异常，只是极普通的上呼吸道感染。

"从板桥来这里很远啊！"我边检查病童边说。

"是啊！但来这里看比较放心。"病童的爸爸说。他太太就站在旁边，一副和蔼可亲的模样，从外表可以看出来，两人都是受过高等教育的人。也许他们没有想到，他们的小孩来这里是由我这个实习医师主治的，但他们的确可以放心，他们的小孩只是普通的上呼吸道感染而已。

我请护士脱下病童的衣服，用酒精擦拭，并在肛门塞栓剂，帮助他退烧。二十分钟后，再量体温，已退到三十七点六度。我开一些药水和药丸给这对夫妻说："你们可以回去了。晚上也许会再烧起来，但若烧得不高，没有什么关系。"

凌晨三点，我躺在医师休息室的长沙发上闭目养神，护士推门而入，在黑暗中叫了一声"小儿科医师！"

从黑暗的医师休息室走到灯火通明的柜台前，定睛一看，来的人正是那对回板桥还不到五个钟头的夫妇，女的抱着小孩，男的焦急地说："医师，我的小孩又发烧了！"

"几度？"

"我在家里量了，三十八点九度。"做母亲的两眼一眨一眨，低声低气地说。显然她也和我一样，一夜没睡。

我请护士重新量过肛温，三十八点七度。仔细再检查一遍，除了上呼吸道感染外，还是没有其他异样。

"发烧不会一下子就退的。"我看着恹恹的病童，觉得依他目前的情况，不必再做进一步的处置。

"没有什么就放心，但这小孩子一烧起来，父母亲就会担心，比孩子还焦急，只好又抱来看看。"做父亲的略似自我解嘲地说。

"要不要打针？"母亲试探地问。

"大概没有这个必要。再用酒精擦一擦吧！"

用酒精擦拭后，病童的温度退到三十七点六度。做父亲的爱怜地看着他的小孩，似乎不忍看他受发烧的折磨。我安慰他说："发烧是表示小孩正用自己的力量在和病魔对抗，只要烧得不高，是没有关系的。"

这一番道理他似懂非懂。有些道理如果只了解一点点，就如瞎子摸象，往往会误入歧途，除非自己能看到或了解大部分，否则还是由了解大部分的专家来代筹，而不要凭自己看到的那一点点去臆测，去发挥。譬如发烧，大家都希望能赶快退烧，最好是一针打下去或一帖药吃下去能立刻退烧。也许有这种方法，譬如给予某种副肾皮质类固醇，病人可能就不再烧了，但这种"退烧"并不表示身体战胜了病魔，而是叫"它"不要再抵抗了，这是一种"和平的假象"，但病魔仍然存在。某些开业医师的确是利用这种方法来博取病家的"信任"和"欢心"。

早上八点换班后，我刚要离去，看到这对来自板桥的夫妇又出现在急诊处门口，我忽然产生某种类似羞愧的感觉，他们因为信任这家医院才不远千里而来，结果我却没有办法帮他们的小孩"退烧"！他们的信心会因此而大打折扣吗？如果将来我们出去开业，用这种正规的方法来治疗"发烧"，病人可能要一个个跑掉！一夜未睡好所累积的疲惫，使我有头重脚轻的感觉。

医师亦是"人子"

老邱回到医师宿舍后,往沙发上一坐,边脱医师制服,边摇头叹气:"现在的医师实在越来越难当了!"

躺在床上的林肇华,掀开蚊帐,露出一张睡眠不足的脸说:"怎么了?昨天不是听你说,有一位女病人夸奖你打针的技术很好吗?"林肇华昨晚在外科急诊处当班,因为来了将近二十个病人,一夜没睡,早上他那张脸,在晨曦中,就跟癌症晚期病人的脸差不多。

"有一个心脏病病人死了,病人家属写了状子,到法院告医师。"老邱说。

"不会是告你吧?"我问。

"是告为病人急救的住院医师。今天大家在医务室看法院转来的起诉状,看了实在令人哭笑不得。"

"里面怎么写?"我和林肇华几乎同时问。病人告医师的事情，医师总是最敏感的。

"病人心跳停止，住院医师为他做心脏按压，当然是没有救活。病人家属的状子上写的是：'某医师将双手按在病人柔弱的胸前，活活把他压死！'……"老邱叹口气说，仿佛要吐出他胸中的一股"闷气"。

"写得太过分了，真是好心没有好报。"一向乐天的林肇华，脸上也露出了沉重的神色。

"病人家属也许不明白做心脏按压是为了救病人的性命，所以才会这样说。但看了这种状词，实在令人冷了半截，平素无冤无仇，怎么会'活活把他压死'呢？"老邱一直在摇头。

"这种事好像常常发生，那一天我也听总住院医师说，一个病人呼吸困难，他好心帮他插气管内管，想帮助他呼吸，病人没有救回来，结果家属也告了他一状，说是'某医师不知怜恤，将一条铁管硬生生插进病人的喉咙，夺去了他宝贵的生命！'……"

虽然是中午，但阳光照不进来，空空洞洞的宿舍里显得很凄清。三个人一时都各自沉浸在自己的思绪里，不再说话。

"此亦人子也！"陶渊明这句吐自豁达胸怀的悯人话语，一直给我很深的感触。看到不幸的病人时，我亦常想：此亦人父也，此亦人母也，此亦人夫也，此亦人妻也。这样，病人不再是一堆症状、数字、X光片的组合,虽然他已昏迷,已将不治,但他仍和所有健康的人一样,有他的喜怒哀乐、悲欢离合。

我不知道病人眼中的医师是副什么模样,只会问你哪里不舒服?这里摸摸,那里打打,看X光片、打针、开药、开刀?也许病人和家属看到的医师就是如此,他应该不顾任何艰难,不计任何毁誉和代价,来解除病人的痛苦。但医师亦是"人子",他亦有他的悲欢离合、喜怒哀乐,为何有少数家属会前恭后倨,看自己的亲人不幸不治后,就用种种恶毒的语句来攻讦医师呢?医师的心不是铁打的,如此挫败、如此践踏医师的心灵,也许可以稍稍平息病家无处申诉的怨气,但"伯仁"并非因我而死,救他的医师有一天也同样难逃一死,这不是谁的错,谁都没有错。

老邱的故事使我想起一位同学的父亲,他在台中附近的一个小乡镇开业。在那个小镇有几家医院,但只有他这家医院深夜会为病人开门,小镇的人习以为常,深夜有病不去敲别家医院的门,都去敲他的门,他也一一应诊。有一次老医师不幸自己生了重病(医师也会生病,也许不少人一下子无法接受这个事实),半夜有一对夫妇来敲门,老医师自己爬不起来,破例没有开门,结果这对夫妇就在门外破口大骂了将近半个钟头,躺在楼上的老医师听在耳里,痛在心里,心想:"我三四十年来深夜有求必应,只因这次自己病重,结果被人'骂街',其他的医师呢?他们为什么不去找其他的医师?为什么不去骂其他的医师?"

老医师病好后,痛定思痛,在医院门口挂了一个诊疗时间的牌子,超过时间他就不看病了。老医师虽然老了,经过了人生的多少风浪,但他依然是个"人子",他的心灵在受到误解和摧残时,仍然会阵阵抽痛的。俗语说:"事未易察,理未易明。"不晓得内情的人也许会妄下断语,说这位老医师"贪图个人享受,不顾病人死活"哩!

谁来决定婴儿的命运？

从晚上十点到十一点，接连有三个产妇被送上产台，换句话说，就是有三个新生命来到人间。我在产台隔壁的房间整理好胎盘，用塑胶袋包好，放进冰箱里。我看看满冰箱连着脐带的胎盘，有一种突兀的感觉。

割断脐带的婴儿如今都已被送往温暖的婴儿室，产妇也已被送往安静的病房休息，独留十几个胎盘挤在冷冰冰的冰箱里。精神分析学派认为人的潜意识里仍残留有"诞生的创伤"，不知是否也有"胎盘的记忆"，一种与冰箱和拥挤有关的记忆，如果有的话，也许只有医师才有吧！

我填好产妇的病历，总住院医师过来说："明天早上六点有一台剖宫产，没事先去休息。"

"早上六点开刀？"我觉得有点不可思议。

"她家里的人去算命，认为孩子在明天早上六时整出生，将来的命最好。"总住院医师笑着说。

我"嘿"了一声，没有再说什么。病人硬要把迷信带进医院里来，医师也是没有话说。在医院各病房后面的纱门外，常可看到檀香和银纸的余烬，在微风中招展翻飞。

凌晨五时，产房值班室的铃声大作，穿着手术衣的我从睡梦中爬起来，拖着木屐走出地下室。准备做剖宫产的孕妇已经来了，不只她来了，她的丈夫、公公、婆婆、母亲和妹妹都来了。他们带了一大堆东西，围着娇小的孕妇，公公和婆婆拘谨的脸上露出从容不迫的喜色，从他们的阵容和神色可以窥出，这是一个相信家族命运的家庭。

孕妇的脸色显得很凝重，好像她的肚子里装的是他们那一个家族的命运。

主刀的主治医师还没有来，我们先将孕妇带进手术室做手术前的准备工作。大家忙着架脚架、拿点滴，准备麻醉器材，孕妇在护士的指导下，走到墙壁的一角，背对着我们，悄悄脱去衣服，黑黑的长发垂在背上，即使只看背部，也可以感觉出她是一个即将临盆的孕妇。

当她再度走向我们时，身上已多了一件白色的手术衣，我们将她抬到手术台时，看看壁钟，五时三十分。

主治医师此时已经来了，大家一起刷手消毒。

任何手术,实习医师都离不了"拉钩"的命运,在剖宫产手术中,实习医师额外的一项任务是用抽出器吸出四溢的羊水,吸不尽时,还要用双手去掬出来。手术时,实习医师站在手术台尾端两个脚架间,正是泼出来的羊水首当其冲的位置,所以在刷手时,我的腰际又多围了一条类似军用雨衣的"挡水布"。

当明亮的手术灯照在孕妇隆起而消过毒的肚皮上,主治医师拿起手术刀时,大家都忍不住看了看壁钟,五时四十分。

主治医师一刀划下去,脂肪、肌肉和血水立刻"蹦"了出来。时间还早得很,主治医师一层一层慢慢剥离下去,真可谓"游刃有余"。

离婴儿被安排的诞生时刻前一分钟,主治医师割开子宫,弄破羊膜,用手将婴儿从子宫内抓了出来,大量羊水朝我这个方向奔泻而出,然后是一声宏亮的婴儿初啼,一个瘦小的男婴在科学与迷信的携手下,在被安排好的时刻准时来到人间。

此时胎盘尚未脱离,脐带从母亲的子宫中伸出,悬空连在婴儿的肚子上,两个医师忙着切断脐带。看看那具体而微的婴儿,螺旋状的脐带,母亲剖开的肚子内层层的肌肉,柔嫩的子宫,那血,那水,是谁能造就出如此繁杂而纤细的生命来?

难道冥冥之中真有超乎人类理解范围之外的"造物主"？

当我们正忙着处理善后时，护士将婴儿吞进去的羊水吸出后，将他放在小推车里，推出去给在外面望穿秋水的家属看，他们终于如愿以偿，婴儿在六时整出生。

但我觉得，他们既然能"规定"孩子在几时几分出生，那么这个孩子未来的命运大概不是操在"命运之神"的手中，而是操在"他们"的手里吧？

来到医院的锣鼓手

凌晨二时,护士来敲值班室的门:"王医师,有病人。"

在泌尿科值班,晚上要兼看从急诊处转来的病人,其中大多数都是小便潴留、膀胱发胀的病人。我走出医务室,看到走廊上站的是一位年约五六十,非常瘦小的老头,微曲着身子,双腿夹在一起,两手做出要抱住小腹,保护膀胱的模样,显然膀胱已经胀得不得了啦。

"医生,我小便小不出来,很胀。"病人说。

治疗室就在医务室的隔壁,我和护士将病人带进治疗室,叫他躺在床上,准备导尿。在准备的时候,我和病人交谈着。我用闽南语问他:"你以前有没有得过什么病?譬如说:前列腺肥大?"

"什么?雨伞褶?"病人不解地问。

我和护士忍不住同时笑了出来,原来病人把"前列腺"

听成了"雨伞褶"。在这样的凌晨,面对着一个脱下裤子的病人发出笑声,对医师而言是有点不妥的,我连忙止住笑声,向他解释:"膀胱是储尿的地方,尿由尿道排出来,前列腺把尿道包住,如果肥大,尿道被压挤,小便就解不出来。"

病人还是一副茫然的样子。有时候,医师与病人之间可用来沟通的词汇相当少,特别是当病人来自低下阶层,而医师又是自小生长于温室中时为然。

当医师用生硬的专门术语来解释病人的病情时,病人往往只能以他所熟知的事物来比拟附会。譬如你对病人说"你的肝功能不好",病人往往反问你:"是不是火气大?"到底是不是呢?恐怕只有天晓得。

像这一位病人,把"前列腺"听成"雨伞褶"实在太出人意料了,"前列腺"也许是他生平第一次听到,而"雨伞褶"则是他自小就熟知的东西。

我一边戴上手套,一边仔细打量病人的脸庞。他是一个邋遢的老头。我用镊子夹起导尿管,塞进他的尿道口,进去不了多长,就碰到一股阻力,试了几次结果都一样,我对护士说:"说不定是尿道狭窄。"

于是我们改用最直接了当的方法,在病人的小腹上消毒,以针刺进膀胱,汲取潴留的尿液。在汲出约三百毫升的尿液后，病人松了一口气，说："现在爽快多了。"

"你以后可能还会像今天这样，小便解不出来，最好白天到门诊详细检查，做根本的治疗。"

"要多少钱？我没有钱。"病人马上敏感地说。

在交谈之下，我才晓得病人原来是一个歌仔戏班的打锣手，有什么酬神庙会，演一场戏，打一天锣，收入为五十元。在歌仔戏逐渐没落的今天，他打锣的机会越来越少了，经常三餐不继，哪里还有钱看病？

"今天我们在萤桥演戏，积了一天的尿半夜解不出来，是我们戏班的小生叫我来台大医院的，否则，我也不知道有什么台大医院。"

"小生？"在我的印象中，整天在演"薛丁山""杨宗保"的"小生"仿佛是活在古代的人，要将他（她）和台大医院联想在一起，似乎一下子无法适应，觉得有点脱节。

在汲出一千多毫升的尿液后，病人的两脚舒服地活动了几下。我顺便检查他的前列腺，觉得并没有肥大，也许真的是尿道狭窄。

"你可以去申请贫民的免费就医证。"我说。

"要怎么申请？"病人问。

其实要怎么申请，我自己也不太清楚。

"也许你可以去问问你们的里长,或者区公所……"

病人茫然地点点头,穿好裤子,爬下床来,对我鞠躬行礼,说:"多谢医生!"

"哪里!你可以回去了!"

当病人走出五东病房的走廊时,在收拾东西的护士似乎想起什么,说:"啊!我们忘记开单子叫他去缴钱了!"

我笑一笑,也许是太困了,微笑竟变为呵欠。

医学是"怕死的科学"?

在二西病房,我遇到一个奇怪的病人。

刚调到二西病房的头一天,我抱着病历和血压计,挨床去认识我的病人。病人大抵都是开过刀的,有的伤口还没有好,有的在打点滴,有的放胃管,有的放引流管,有的放导尿管,大家都郁郁不乐,神情沉重,一片饱受病痛折磨的景象。突然,我在他们之中,看到一张和和气气的笑脸。

刚好他是我的病人,我拿出了病历,走到他的床前。本来躺着的他,竟然坐了起来。

"王医师,你是新来的实习医师吧?"

"是,我今天刚调到这栋病房。"

"哈!我就知道,你们医师都是调来调去的!我住院这么久,总共也看过五六个实习医师了。来,这是我的名片,请多多指教。"

他从上衣口袋里掏出一张名片给我，上面印的是：

××杂货店总经理

陈××

店址：台北市××街×号

电话：申请中

我倒是第一次看到这种名片，不觉笑了笑，顺口说："原来是陈总经理。"

"哪里，哪里。"他也一副"当之无愧"的样子。

若在平时，看到别人这么自我陶醉，我也许会"消遣"他几句，但一个病人能有这种"雅兴"，我却认为也是件很好的事。我翻翻他的病历，他患的是直肠癌，开刀后情况良好，已经准备出院。

"还没有开刀前，我原以为这下完蛋了，想不到，哈哈！还是好了。"

他很健谈，是不是从死亡阴影中逃离出来的人，都会变得健谈些呢？我不知道。因为职责在身，我请他躺下来，看看他那已经愈合的伤口，量量脉搏，在病历上记载"一般情况良好"等字样。

"王医师，我刚刚在想，你们学医的，说好听点，是为了救人，但……请你不要生气，我觉得医学实在是怕死的科学。因为大家都怕死，所以医学才越来越吃香，大家才需要你们这些医师……哈哈！你说对不对？"

他的笑声在愁云惨雾的病房里，听起来非常刺耳。如果他现在还未开刀，病情尚未明朗时，也许他就不会这么轻松地高谈"怕死""不怕死"了。但他的论调却像一根明亮的探针，探进我的心灵深处。我不是基于"救人"的"崇高理想"才选择医科这个"志愿"的（如果我现在有救人的意愿，那也是我在亲睹众多病人的苦难后，才得到的反省），但我也从未想过，我们学的竟然是一种"怕死"的科学。

因此，面对这位有着诙谐与嘲讽意味的病人闲话，我一时接不上腔。我拍拍他弓起的膝盖，抱着一堆"怕死记录"的病历，笑着走开了。

"医学是怕死的科学"这一句话，整天都盘踞在我的脑海里。中午进开刀房，跟一台"次全胃切除"的刀。在麻醉前，病人心神不宁地左顾右盼，我心想："他怕死吗？他把胃割掉不是为了保全性命吗？"如此说来，"毒蛇噬手，壮士断腕"也是"怕死"了？我仿佛看到那位诙谐病人的嘲讽嘴脸，只是不知道他躺在手术台上时是何等模样？他那句玩笑也许是事后的自我嘲弄吧？

晚上值班,那位"杂货店总经理"床边多了一个女人,也许是他太太——杂货店的"董事长",两人在床边愉快地交谈着,我想他们讨论的一定不是"怕死""不怕死"的问题。生命中本就有着无数自发的喜悦——譬如他们现在的交谈,以及人为的欢乐——譬如他的自封"总经理",何必用"怕死""不怕死"来加以揶揄呢?

就寝前,到外科医局,将今天住院及开刀的病人名单密密麻麻地抄在黑板上,准备明天一早开会时报告讨论。抄好后,坐在椅子上,看着黑板上那一堆楔形文字、桌上的外科医局日志及散放着的X光片、病历,我若有所悟,点上一根烟,深吸一口,然后看着浓密的烟雾冉冉上升,觉得医学并非单纯是"怕死的科学",人生亦非如此简单,否则我怎能体会深夜独坐"吸烟"的情趣呢?

飞入杜鹃窝

"昨天下午,我坐在家里的客厅中,看到一个留长胡子的老头,骑着白马出现在我家门口。"

说话的是一个十八岁的少年,他的脸上缺乏表情,呆滞的眼光停在空间的某一定点上。他的母亲站在他身侧,听孩子讲出这样光怪陆离的话,正悲凄而无助地摇着头。

我就坐在少年的对面,桌上放着写了一半的精神科门诊病历,外面的阳光,透过两片大玻璃窗倾泻而下,病历表的空白部分,像雪一样发出白色的微光,但它即将承负的是一个精神病人的黯淡故事。

"那个骑白马的老人跟你说话了吗?"我抬起头来问,但我捕捉不到少年的眼光。

"当时没有。后来到晚上我睡觉的时候,有三个人在窗外密议要加害我,骑白马的老先生立刻出现,他大喝一声:

'你们不可以害死他！'然后就在窗外格斗起来。我密切注视他们的战斗！他们是在为我而战斗。最后骑白马的老先生战胜了，他要驾返天上时，从空中对我传音入密说：'那三个人要加害于你，是要阻挠你去完成你所担负的两项任务。'"

"你可不可以告诉我你所担负的两项任务是什么？"我以一种相当认真的口吻问他。

此时，少年的母亲以一种祈求而又不以为然的眼光看着我。

"这个……"少年显得有点迟疑，并带点惊恐，他抱着头说："天机不可泄露！"

我看看他母亲，换个话题问他："你说那位骑白马的老先生，以前是不是看过？譬如说在庙里或在图画上？"

"我不太清楚，但我知道他是神，他要帮助我去完成我的任务。"

"有没有人知道你所担负的任务？"

"昨天晚上的电视剧隐约提到这件事，他们向我暗示，如果我敢动，他们就要向我报复。"少年煞有介事地说，眼里现出仇恨的眼光。窗外溜进来的阳光照在他浮肿而灰败的脸上，给人一种不真实的感觉。

尘世的一切，对他来说是不真实的，也许包括我这个实习医师在内,也都是不真实的。

病人在小学毕业后,即到一家铁工厂当学徒,学徒的生活是单调而痛苦的,他不久即染上了赌博的恶习。最近每赌必输,欠了别人将近一万元钱,债主屡屡催逼,并要挟恫吓。

一万元钱的赌债,对小小年纪的他来说,根本是不可能还清的数目,在悔恨、惊吓、绝望的情境中,他小小的心灵整个崩溃了,半个月来经常自言自语、傻笑,接着出现关系妄想、被害妄想、自大妄想、幻听、幻视等精神病的症状,说别人要加害他,他是"救世主",与天堂有联络,等等。

家里的人看他这副模样,以为是魔鬼附身中了邪,求神问卜一个星期,丝毫没有见效,后来听人家说是"精神病",才将他带到医院来。

"这要住院治疗。等一下教授会有更详细的说明。"我告诉他母亲说。

少年仍木讷地坐在椅子上,我看不出他有什么反应。他会不会认为我这样做是要"加害于他"?我耸一耸肩膀,望向窗外,窗外的围墙内有个篮球场,那是供住院的精神病人打球用的。看精神病人打球,总会让你不得不驻足,那是一场梦一样的球赛,一场潜意识的球赛。连球都仿佛着了魔似的,在球场上奇异地滚动着。

什么是真实的呢？我幻想草地上也有一个留胡子、骑白马的老者在向我微笑，向我招手，但我怎么看也看不见。这是不可能的，因为我是一个"正常"的人，我微微有些失望。也许在我的潜意识里，有着飞入杜鹃窝，去拥抱那无边无际的神秘世界的隐秘渴望吧？

"喂，吃饭去吧！"陈医师将我拉回了现实。

"下午一点还有讨论会。"

我们并肩走出门诊部，到电梯前，电梯的门刚好打开，里面走出一个表情呆滞、睁大两眼望着我的精神病人，我避开他的眼光，将两眼移向我的鞋尖，脸上不自觉地露出苦笑。

任何事情都是要付出代价的，即使像杜鹃窝一样的梦魇亦然。

用金钱买道义

"你哪里不舒服？"我拿着门诊病历问一位病人。

来诊的病人，二十二岁，男性，是个学生模样的年轻人。坐在我对面的他，摸了摸鼻子，看看四周。泌尿科的预诊台是一张大桌子，可坐三位病人和三位医师，中间各以木板隔开，好像显得相当暧昧。坐在两片隔板中的病人努力仰起他的脸，对我说："我小便会痛，而且……流脓。"

我们的左边是一位中年女病人，此时正越过隔板传来喋喋不休的病历陈述。我把病历表翻到第一页，看看他的资料。

"你还没有结婚吧？"

"还在读书。"病人脸上露出一个自我解嘲的笑。

也许我即将与闻的是这位读书人不太光彩的隐私，所以我用一种轻松的口吻若无其事地问他："最近有没有去找过女人？"

病人的脸上露出一抹羞涩,不安地扭动一下身子,然后将眼光停在洁白的病历纸上,迟缓地说:"四天前。"

"很好。"我从桌上拿起一个杯子递给他,说:"你到厕所去小便,让我检查一下。"

病人耸耸肩膀,又露出一个自我解嘲的笑,拿着杯子朝厕所的方向走去。

他得的可能是淋病,得这种病容易令人想起不雅的一幕:一个受高等教育的人,低着头鬼鬼祟祟走进一条有色灯光交错,荡漾着俗丽的喧哗的小巷,犹疑地指着一个浓妆艳抹的女人,然后跟她走上阁楼,然后就得了这种病。

我有一个犬儒色彩浓厚的大学朋友,身边不时有气质高雅的美丽女孩为伴,但他却喜欢逛花街。我问他为什么,他倒说出一套令人深思的理论:

他说他是一个重道义的人,在自己无法肯定将来的确会娶某个女孩为妻前,他无法"侵犯"她,但他必须经常解决自己的"问题",所以他用金钱买道义,花钱去找并非自己喜爱的女人,以求取心灵的平和。如果他得病,那是他自己的事,他自己承担。

我想他是在找寻"合理化"的借口,但这毕竟比始乱终弃的"合理化"要磊落得多,虽然它也有它龌龊的一面。

我的病人解完小便回来，把手中的杯子递给我，杯中半满的尿液是一片混浊——里面有无数与淋菌作战而死亡的白细胞。他表情复杂地看着这一杯不轨行为的证物，讪讪地退到一边去。

他也是一个"用金钱买道义"的人吗？看他那种自嘲的羞涩好似在说：我的龌龊由我自己来承担吧！

"你在外边等一下，我马上检查好。"

在经过特殊染色，用油镜看到那一只只禁果里的蛆虫——淋病双球菌后，我填好检查报告，从检查室走出来。

在走廊上等候的病人立刻走进来，脸上仍是那份自嘲的羞涩，他看看我，好似在等待我的宣判。

"你得的是淋病。"我想这句话他自己在心里不知已经复诵了几遍，如今由我的口中说出，只是为了求得解脱而已。他脸上露出苦笑，讪讪地，很像我的朋友。社会上有这种想法和这种遭遇的人也许很多吧？

"吃药就会好，我带你进去给教授看看，开一些药回去吃。"

教授边看病历边皱眉头，看看坐下来的病人，问："你有没有女朋友？"

病人迟疑了一下，说："没有。"

"大学生嘛！应该好好念书，不要随便去找不三不四的女人，再去还会再得的！"

我以最快的速度照教授记录在病历表上的处方，填妥了处方笺，拿给病人，说："到楼下药局买药，每六个小时吃一颗。"

他拿起处方笺，向教授和我说"谢谢！"当我接触到他那告别的眼光时，发现里面有着如释重负的神情。

唉！他会再去吗？

一首家族的悲歌

急诊处内有三个病人,两个头部外伤和一个中风病人。这三人因为脑内的呼吸中枢受到破坏,无法自行呼吸,而由口中插入气管内管,接上人工呼吸器,由人在旁以一个类似手风琴般的压缩袋一压一放,帮助病人呼吸。

我在外科急诊室当班,在巡视其他病人或打针时,也必须去看看外科那两位"形同植物"的病人。两位病人都是中年男子,像植物一样直直地躺在推床上,瞳孔放大,对痛觉已没有反应。把听诊器覆在外侧角落病人的胸上,只能听到微弱而遥远的心跳,这是他唯一的生命迹象。葡萄糖液以平稳的速度滴下,注入他的血流中,去滋养他最后的生命。

留置在内侧角落的病人,已来了三天,换句话说,已经昏迷不醒了三天,病人的太太和他唯一的儿子,轮流不停地以每分钟约二十次的速度,去一压一放那手风琴般的压缩袋，帮助病人呼吸。如果他们停下来，病人就立刻"真的"死了，所以即使他们的手已酸，泪已干，他们仍然不停地在那里一压一放，让手再酸，让泪再流。因为手会酸，泪会流，表示他们还有生命，而他们的亲人却连手酸和流泪的机会都没有了。

另一个病人昨天晚上刚到，由三个家属护送前来，在一片哭哭啼啼的混乱中，医师为病人装上了人工呼吸器，再送到外面来，由病人的儿子开始一压一放那压缩袋。正当此时，又有四五位较年长的家属，从外面急急忙忙地赶进来，看到病人这副模样，大家都愣在那里，然后其中一个女人爆出了哭声，并不住用手去抚摸病人的身体。

先来的一位家属将后到的几位家属叫到一边，表情严肃地喁喁私语，当他们再回到病人的推床边时，女人的哭声又再度激扬起来，在猛摇一阵病人的手而没有获得反应后，悲切地说："要死也要死在家里啊！"

围观的家属你看看我，我看看你，有一个说："我看是没有希望了！还是带回家里……"

他话还没讲完，几位年长家属严厉的眼光，马上交相投射到他的脸上，一下子警觉到说错话了的他，连忙低下头去，两眼看着病人儿子手中不停地一压一放的压缩袋。坐在推床边的病人儿子,眼光散乱,谁也不看,将压缩袋挪到胸前一压一放,真像极了在拉手风琴,那单调低沉的声音,在围观的家属间低回,仿佛在奏一首生离的哀歌。

最后,几个家属走到急诊处的外科医务站,询问病人到底"还有多少希望"?他们刚好问到了我。这是一个很难回答的问题,我只能就我所知的回答他:"病人生存的机会非常微小,也许只有万分之一的机会,但这是病人唯一的机会。如果关掉人工呼吸器,病人就真的死了。我想你们可能也不愿意这样做,我们似乎应该等待……"

其实,"等待"什么呢?我自己也说不上来。夏威夷有一位二十七岁的少妇昏迷不醒,靠人工呼吸器苟延残喘,有五个医师说她死了,一个说不知道,一个则说还活着,最后法官依据"让参与治病的医师,决定病人是否病死"的州法律,判决病人在法律上已死亡,于是医师关掉了人工呼吸器,不久她就死了。

人工呼吸器之类勉强维持病人生命的器械发明,让医师面临了很多哲学上的问题,也许任何问题推到终极都属于哲学问题,生命的终结当然更是哲学问题,它经常让我这个实习医师心神恍惚,百思不得其解。

最后,病人的家属决定大家轮流"拉手风琴",帮助病人呼吸。今天早上一大早,我从医师休息处出来时,他们拉"手风琴"的人也正在换班,一个刚睡醒的家属接过"手风琴",继续以低沉而单调的声音,奏那首凄怆的哀歌。

当我去看内侧角落那位同样昏迷不醒的病人时,我用手摸摸病人的脸,发觉他的脸已冰凉多时,覆上听诊器,心跳早已停止。他的儿子仍坐在推床边,呆滞着失眠的眼,将手中的压缩袋一压一放。

"病人已经死了,死了很久……"我说。

儿子手中的压缩袋一下子掉了下去,惊惶地用手去触摸他已然死去的父亲,然后将疲惫的身子覆在死者的身上,发出沉痛的呜咽。

可怜身是眼中人

在医学院里,有一则流传很广的"故事":一位实习医师把听诊器覆在某位年轻女病人的胸前,做例行的听诊。教授发现他拿听诊器的手,不住在病人的胸前滑动,好像"听"得煞有介事,但他听诊器的听筒却没有附在耳朵上,而是挂在肩后。当然,故事的结局是这个实习医师被赶出了医院,勒令退学。

偶尔,我会把这个故事讲给其他学院的朋友听,有些人在听完后会露出诡秘的笑容,说:"嘿……,读医学院真有趣。"

有趣吗?我在第一次听到这个故事时,也觉得很有趣,不过因为"可怜身是眼中人",所以还有"天将降大任于斯人也,必先苦其心志"的戒惧感,有趣也只是因戒惧而自觉有趣而已。

今天下午，在妇科病房的检查室，我又想起这个故事。我和另两位实习医师及三位住院医师斜靠在墙壁上，一天将过去了，也许大家都觉得很累，或闭目养神，或陷入各自的沉思中。总住院医师坐在前面检查台下的板凳上，正聚精会神地检查一位卵巢肿瘤的病人。

每天新住院的病人，通常都是在这个时间带到检查室来检查。刚刚检查的是一位外阴癌病人，大家都探头去看了一下，看看她的癌长得是何形状，然后又回来靠在墙壁上，事情就是这样，几乎已经成了每天的例行公事。

记得五年级在内科看初诊时，几个同学分看几个病人，并没有一定顺序，有些人就喜欢早点去，从送来的病历中挑一二十岁的女病人来看，因为我经常晚到，看的往往是剩下来的男病人或六七十岁的老太婆。但这也许是"各得其所"，在当时，检查女病人总令我觉得为难，问完病历后，拿起听器诊，向病人说："听一听胸部。"有的病人会拉起上衣，有的打开一个纽扣，有的则原位不动，表示"你这样听就可以了"，我只好听多少算多少，偶尔因此漏掉重要的发现，结果受到教授的指责。我明知道这样做对病人不好，对自己也不好，但总觉得"你把上衣拉上去一点好吗？我这样听不清楚"这句话无法说得流利，还是不说的好。

两年后的今天，敏感而羞涩的我，已被磨炼成忙碌而世故的实习医师，"你月经如何？"已经像"你胃口好吗？"一样成为家常话，"你性交后出血，多久了？一个月性交几次？每次都出血吗？出血量多少？"我会马不停蹄地问，我要收集的是有关她疾病的详细资料，看到的也只是病、病、病！当她穿好衣服，走出检查室时，她又成为我普通印象中的"女人"。也许是和我母亲年龄相若的女人，她可能提起一个和我同样年龄的儿子，想做某种比较，我会笑着说："当医师很辛苦哪！"

　　这就是成长吗？抑或是一种职业的疲乏？好像弹性疲劳一般，本来紧绷的弹簧，在经过长期的伸延后，变得松松散散的，对女人的看法也就这样变得松松散散的。

　　总住院医师检查完病人，转过头来，挥手叫我过去检查，因为这位卵巢肿瘤病人是我的病人，我早上才问过她的病历。我把背一弓，脱离墙壁，走到病人弓起张开的两腿间，总住院医师在旁用英语告诉我怎样检查及可能有什么发现。

　　我戴上手套，依样画葫芦检查一番，在双手里外按压之间，似乎有一肿块存在。我从病人身上学到了我应该学到的东西，当我放开压在病人小腹上的手时，发现她的肚脐眼里有很多肤垢，这与疾病无关，但多少会影响我对某些事情的看法。

　　检查完后,我又回到原位,把背靠在墙壁上。病人慢慢从检查台上下来,在总住院医师的嘱咐声中,慢慢穿上衣服,然后慢慢走出去。

　　病人全部检查完后,已接近五点。我回宿舍休息一下,到楼下餐厅吃饭,意外发现那位卵巢肿瘤病人,也在餐厅吃饭。她从餐桌上站起来,向我介绍她先生,然后告诉他先生说:"这是王医师。"

　　"请多多照顾。"她先生说。

　　我微微点了点头。

小孩梦中的恶魔

在医院里,我经常观察,到底哪些人看起来比较善良?就我个人粗浅的经验,觉得孕妇看起来似乎是最善良。不管多么邪恶、小气、自私的女人,好像只要她怀了孕,挺着一个大肚子,捏着一条手帕,步履维艰地在那里慢慢走动,你就会觉得她是一个"好人"。她善良的表征——肚里的婴儿生下来时,也给人善良的感觉,《卡拉马佐夫兄弟》里的伊凡说:"世界上一切知识,也比不上孩子的眼泪。"看孩子流泪,我们多少会有愧疚的感觉。

不幸的是,在小儿科,我经常看到孩子流泪,而且我自己还很可能是令孩子流泪的罪魁祸首。

早上在小儿科看门诊,一位母亲带着两岁的小孩走进来,还没坐定,就把一个塑胶袋放到桌上,说:"医师你看看,我的小孩最近两天解出来的大便都是这样。"

我对桌上塑胶袋内稀黄如米浆似的大便"瞟了一眼",脑袋里得到"腹泻"的印象后,问:"一天拉几次?"

做母亲的似乎觉得我看得不够仔细,又拉拉塑胶袋的袋口,说:"昨天拉了十几次,你看,怎么会这样呢?"

我只好再凑近一点,从塑胶袋口朝内瞧了一会儿,仍瞧不出有其他特殊的变化,但却使我联想起学生时代常吃的袋装冰水。一个母亲辛辛苦苦地把她孩子的大便,装在塑胶袋内,挤公车,排队挂号,然后将它呈现在我的眼前,我的确是应该多看几眼的。

"有没有呕吐?"我一面问,一面转过来,对着正襟危坐在我前面圆椅上的小孩。他正以一种戒惧的眼光看着我。

我摸摸孩子的前额,有点发烧。当我左手从消毒杯中拿起压舌板,右手从口袋里掏出手电筒时,他审慎地注意我的动作。当我说"小弟乖,张开嘴巴,让叔叔看看",并将压舌板挪近他的嘴前时,他就恐惧(也许是厌恶)地用手把我逼近的压舌板推开,然后爆出哭声,泪水很快地从他紧闭的两眼间挤出,泪落在涨红的脸颊上。

我又让一个小孩流泪了。他哭得那么伤心,我有点尴尬地看着他,寻思对策。小孩生病时,医师是父母眼中的救星;但听说医师同时也是小孩梦中的恶魔,这实在是一种深刻的讽刺。在小孩洪亮的哭声中,我束手无策地看着小孩,又看看母亲,夹在这种嘈杂的讽刺之间。

好不容易看到孩子张开嘴巴(仍在哭泣),我抓住机会,压舌板乘虚而入,手电筒悬空一照——小孩的喉咙微微发红,但扁桃体并没有肿大。

做完一切检查,开好药,小孩仍在断断续续地抽泣。他一手抓住母亲,一手擦着涂满泪水的脸孔,不时对我投来不信任的眼光。他回去也许会做噩梦,在梦中我被他描绘成一个穿白衣的坏人,专门欺压"善良"的小孩子。

连续又看了三四个小孩,也都哭闹不停,其中有一个且试图咬我的手。我想伊凡如果是医师,他也许会改口说:"用孩子的眼泪换来的知识,更加值得珍惜。"否则他要怎样自处呢?

最后来了一个三岁男孩,静静地坐在圆椅上,对诊疗室内的一切,显出适度的好奇(不像有些小孩乱摸乱抓)。我请他张开嘴巴,他懂事地把嘴巴张得很大,不哭不闹,一切动作井井有条,和我配合得很好。在顺利做完检查后,感激之余,我向他母亲说:"你的孩子很'稳重',将来必成大器。"

这句话虽然有点不着边际,应该出自"算命仙"之口,而非"医师"之口,但在遭遇无数挫折,看到这么一个不会让我产生愧疚的小孩时,我不禁这么脱口说出。

孩子的母亲,似乎觉得我的"诊断"超出了医学范围,只是客气地说"哪里,哪里"。但她投注在孩子身上的眼光,却掩饰不了她对孩子的期望;而孩子似乎也感觉到我在夸奖他,不好意思地摸摸头。

小孩若不流泪,不仅让人觉得"善良",同时也让感觉这种"善良"的人,都能分享这种"善良"。

除夕夜的凄婉歌声

年关将届时，病人都不喜欢住在医院里，有的人甚至认为过年时最好不要吃药，否则吃药的"霉运"将会延续一整年。春节前后，我正在内科实习。到除夕那一天，能离开的病人都走了，留下几个走不了的病人，独卧在偌大的病室，有家归不得，冷清中隐含的凄惨和医院外面繁忙中呼之欲出的欢乐，恰成明显的对比。

两天前，几个实习医师抽签的结果，我抽到了"上上签"——从除夕当天下午六时到大年初一下午六时，在内科加护病房（急救室）值班，这是我生平第一次在外地过年，而且是在堆满最新医疗仪器与垂危病人的急救室里过年。离乡背井已近七年，腊鼓频催而不得回家团聚，多少是有点惆怅的，但浮云游子，随遇而安，且在局促的医院生活里，在急救室里过年，亦不失为一新鲜的刺激，而刺激正能为身心俱疲的人提供淡淡的"喜悦"。

虽然是除夕夜,但内科急救室里仍旧躺了七个病人,两个中风、一个糖尿病昏迷、一个心肌梗死、一个房室传导阻滞、两个尿毒症,其中有四个昏昏沉沉,根本不知今夕何夕。我到各病床前看了一下,每个病人的情况大致都还算稳定。

医院为我们——在内科值班的医护人员,准备了丰盛的年夜饭,东西就摆在血液透析室与内科急救室间的狭小通道上,几个人或站或坐,边吃年夜饭,边讨论各病房病人情况。有位医师说:"今天晚上不要死人才好。"

另一位医师笑着说:"今天是除夕,讲两句吉利话好不好?"

大家都笑了,生老病死尽付笑谈中,但那不是旷达的笑,而是有所隐藏,无法宣泄的笑。在对年华变得敏感的岁末,我想任何人在谈及死亡时,都会发出这种笑声的。

饭后,为每个病人量完血压,暂时没事,我坐到医务桌前,瞪着摆在眼前的闭路电视上的荧光幕,七个病人的心电图正马不停蹄地从上面扫描而过,这是急救室特有的装置,病人的心脏若有什么变化,都可以从荧光幕上看得一清二楚。我的眼睛随着荧光幕上不断朝右运动,这带着白线的小白点周而复始地流转,很快就令人有一种疲惫与沉重的感觉。心脏跳动本是人世间最真实的事情,但你若不停逼视它,很快就会感到无聊与厌烦的。我闭起眼睛,融入眼前的黑暗中。此时急救室内显得相当宁静,我暗暗希望今天晚上不要有新的病人进来,以免打破这种宁静。

今天晚上我不准备睡觉,想坐在七个危急病人的身旁"守岁",默默去体察时间的消逝,生命的消长。

良久,我听到一阵含糊的歌声,那是躺在最右侧那位尿毒症病人所发出的低哼,唱的好像是一首流行歌,我想也许他快要醒过来了。我站起来,朝他的方向望过去,游目所及,发现躺在他前方对面的那位心肌梗死病人,正张着两眼,似在倾听。逐渐脱离险象的他,懒洋洋地躺在床上,脸上一副无可无不可的茫然神色。"杜鹃休向耳边啼,等是有家归不得",那含混断续的歌声虽非杜鹃泣血,但凄婉似有过之。不久,歌声慢慢沉入那位尿毒症病人的体内,变成呓语,然后一切又归于平静。我环目四顾,几个清醒的病人似乎都怅然若有所失。

这就是我的除夕夜。荧光幕上的心电图仍不停地在那里跳跃,但时间似乎过得很慢。在为糖尿病昏迷病人抽取动脉血,送急诊处做"气体分析",为所有病人量了几次血压和打针后,还不到十二点,我又坐了下来。一年将尽,但最后几十分钟似乎显得特别漫长,清醒着的病人似乎也有这种感觉,他们大多呆滞着两眼,望着上空,静静等待,等待时间为他们翻过生命的一页——也许是最后的一页。

凌晨一点,我又为所有的病人量血压。刚刚唱歌的那位尿毒症病人,已经清醒过来,他张大着眼睛问我:"现在几点了?"

我说:"现在是新年的第一个钟头。"

他有点茫然,也许不知道今天是大年初一,我又加上一句:"是大年初一啊!"他不置可否地闭上眼睛。

冷酷现实？感情用事？

早上到医院前面去寄信，意外地发现在医院大门入口处的墙后，有一个弃婴。远远望去，就知道那是一个患了"水脑症"的小孩。他仰面朝天，一个如西瓜般大的头，"笨重"地靠在地上，头发稀疏，前额上浮肿的浅蓝色静脉清晰可见，两只细小的眼睛，定定地看着前方，不哭，也不动。

他的周围相当嘈杂，早上的医院大门边，有着川流不息的人潮，无数的脚步从他的身旁跨过，无数的身影掠过他斗大的水脑。有些人停下脚步，露出恻隐的愁容，看看他，然后摇摇头，又继续赶路；有些人则边走边看，脚步一丝也没停留，好似他看的只是一幅"街头即景"；有人则站在远远的地方——"安全距离"之外，探头朝这边望，并和旁边的人指指点点。

我看了患"水脑症"的弃儿一眼，低头走到大门外的邮筒处，将信递进。公园路的方向有很多行人，弃儿的母亲也许在放下孩子后，已夺门而出，噙着热泪迎风消失，也许还夹在人群中徘徊。可以确定的是，她遗下弃儿只是方才不久的事，医院的门警已经走开了，可能就是去向行政单位报告这件事情，至于医院要如何解决，我就不清楚了。

类似这种情况，我在医院已看过两三次，第一次是医科五年级时，看到的也是一个患水脑症的弃儿，同样放在医院的大门入口处，很多人从他身旁走过，但没有人表示出愿意帮助他的样子，大家只是站在不远的地方摇摇头。这代表什么呢？当时我马上就兴起"世态炎凉，人情浇薄"的念头，但我又能帮助他什么呢？医院又能帮助他什么呢？世人又能帮助他什么呢？医师也许只能在一两次手术后，无助地看着他夭折吧！

地球不会因为台大医院门口有一个水脑症的弃儿而停止转动的，世人也不会因此而改变他们既定的生活步调，我这个实习医师也不能就此放弃每天排满的工作。也许这就是"现实生活"吧！当医师以后，我慢慢了解，所谓"现实"，就是不"感情用事"。

记得以前在学校时，有位文学院的同学要换肾，大家热烈地捐钱捐血，一位文学院的女学生激动地说："他太优秀了,我们一定要留下他的有用之身。"

当时我对换肾的危险性和活存率,已略有所知,我把这个事实告诉她,希望她不要怀抱太多不切实际的期望,以免将来失望太大。想不到她鄙夷地对我说:"你们医生就是这样冷酷,现实!"我只好自讨没趣地笑一笑,我只是不像她那么"感情用事"罢了!

寄完信,回到小儿科病房的途中,我想起那位换肾后,因受不了排斥作用的痛苦,自觉无望而自杀的同学,又想起那位说我"冷酷现实"的女孩子,心里有点不是滋味。

中央走廊上有两个人,可能是因狭路相逢,而在廊边把手言欢,在一阵低语后发出洪亮的笑声。你能上前阻止他们,说:"医院门口有个快要死掉的弃婴,你们还有心情谈天说笑吗?"如果这样说,就太感情用事了。人生本来就比温馨和谐少了些什么,但却又比痛苦冷漠要多了些什么。

回到小儿科病房,我去看那一位"胆道闭锁"的小病人。这是一个先天性的严重病例,因积满腹水而鼓胀的肚皮,透明且发黄,湛蓝色的静脉像青蛇一样,爬在他看似要爆炸开来的肚皮上,一张脸则已消瘦憔悴得如同老人。每次走进他的病室,总有种令人不忍卒睹的感觉。天天守护在床侧的病儿母亲,知道她的儿子已经无望,但会变成今天这副恐怖的形象，则是她始料所不及的，她唯有以泪洗面。

我走进病室，看看点滴瓶，听听婴儿的心跳，问他母亲今天有没有什么情况。

母亲凝视婴儿如老人般的脸，不忍地说："他今天的哭声很怕人，不像小孩子的哭声……"

"会哭总比不会哭好。"我说。婴儿的眼睛定定地看着前方，好似在倾听我们的谈话，那也像一双老人的眼，一双快要干涸的眼。

我想这位母亲会守护她的孩子，到最后一刻。医院门口那位弃婴呢？他的母亲何以要夺门而出，噙着眼泪，迎风消失呢？

不要和生命开玩笑

一位脸色苍白，不胜娇惫无力的少女，被父母亲搀扶着走进急诊室来。五十岁左右的父亲，一边帮着护士把少女扶上推车，一边焦急地说："刚刚说肚子痛，就昏倒在地上！不知道是什么病？"他焦灼的眼神投注在少女的脸上，前额则如同少女一般，浮现一颗颗晶莹的汗珠。

我跟着推车走进内科诊察室，少女此时已苏醒过来，但脸色仍极为苍白，脉搏弱而且快，皮肤湿冷，血压降低，有休克的迹象。我一边请护士准备点滴，一边问病历。

起初我以为她得的是肠炎，但问起来却不像。她痛在下腹部，且有明显的反弹痛，我马上想起先辈医师的告诫："女人下腹部剧痛，不管结婚与否，都必须怀疑是否是妇产科急症。"

"你结婚没有？"我用平淡的声音问。

少女无力地摇摇头。

"她才上大学二年级呢!"少女的父亲拿起眼镜,擦擦前额的汗,看着他的女儿说。言下之意好像是说:"她还是一个小孩子呢!"就在推床左侧,握着少女左手的母亲,礼貌而审慎地看着我,似乎在怀疑我为什么会问这种话。

我怀疑少女患的是要命的"子宫外孕"。在一个如花似玉的大学二年级女生面前,且在她父母的注视下,要把话题导向这方面来,实在是有点唐突佳人,但职责所在,不得不问。

所以我接着问:"你最后一次月经什么时候来?"

做父亲的听我说出这一句"不雅"的话,慌忙踱到一边去。看着他低着头的背影,我想他是一个相当关心子女的男人,但他仍不愿面对子女的某一些问题。

少女告诉我一个日期,那是三十五天前的事。此时做父亲的又从另一角踱回来,他深吸一口气,问我:"医师,你想她是什么病?"

我听出他话里温和的责问意味,我说:"现在还不太清楚,但必须请妇产科医师来会诊。"

妇产科医师来时,少女已被推到外科诊察室。我把大概情形告诉妇产科医师,这位资深的妇产科医师问我的第一句话是:"她有没有性经验?"

我搔搔头,眼光投向她的父母望一望,说:"她父母亲在场，我不便问。"

妇产科医师了解地笑了笑，走过去向她父母说："我现在要检查，请你们出去一下，马上好。"

在少女的父母亲离开现场后，妇产科医师大声问她："你上个月有没有发生性关系？"

少女默不回答，仿佛受到了侮辱。但情急之下，医师也顾不了修辞上的问题，我们是在问病，不是在谈恋爱，我们需要的不是罗曼蒂克的情调，而是血淋淋的事实。

"有就说有，没有就说没有，这是性命关天的事，不要和自己的生命开玩笑！"妇产科医师冷静地说。

少女似乎察觉到事态的严重性，默默地点点头。

妇产科医师马上叫护士准备做"直肠子宫窝穿刺术"。病人被架到里侧的妇产科检查台上，拉上帷幕，妇产科医师用空针从直肠子宫窝抽出不少不凝固的血液，证实了我们的诊断——她的下腹部剧痛，果然是因为子宫外孕破裂，腹腔内出血所引起的。

妇产科医师把针管里的血在少女面前晃一晃，告诉她结果。少女苍白的脸上挤出一丝苦笑，其实她早该知道，月经过期不来可能就是怀孕了，也许她心里已为此担心了好几天，只是她不知道这么早就必须去面对这个事实。

第一部 实习医师手记

子宫外孕是产科急症，必须马上开刀。我们把少女的父母请了进来，告诉他们真相。他们两人一时瞠目结舌，不知所以。脸上的表情好似在说："这怎么可能？她还是一个小孩子，又乖巧，又听话，怎么会跟什么野男人发生关系？而且怀孕了？而且输卵管破了？必须马上开刀！"

一切事情发生得太突然了，两个老人昏迷般地走到少女的床前，大声喝问："你是跟谁有的？跟谁有的？"那话中充满了不信、愤怒、痛心与怜惜。

两行清泪爬上了少女苍白的双颊。她转过头来，抓紧母亲的手。父亲痛惜的眼光随着少女脸上的泪珠移动，他的宝贝女儿在一刻之间变成了"妇人"，他终于必须去面对他们不愿意面对的事情。

生死难以抉择

跟完一台"亚全胃切除"的刀，从第一手术室出来，我便在走道上听到一个不幸的消息。一位患有"大动脉转位症"的病童，在手术过程中陷入危急，医师正在急救。我稍微怔了一下，推开心脏外科手术室的门，发现手术台边围满了穿绿色手术衣的人墙，连探头的余地都没有。我只好出来，到楼下更衣室换衣服。

我认识这位小病人，因为前几天，我还在一东病房时，他是我的病人。像一般的先天性心脏病患童一样，他长得瘦瘦小小的，嘴唇和皮肤的颜色特别深，已经在读小学了，功课相当不错，但其他同学在上体育课时，他只有留在教室"休息"的份，因为他无法胜任平常的体能活动。

在先天性心脏病中，这种病是较少见且极为严重的一种，死亡率相当高，少有人能活到成人期。开刀也许是唯一活命的方法，但开刀的死亡率也相当高。

虽然台大医院的开心手术在亚洲已是数一数二的，但我看今天这个病童恐怕是凶多吉少。胡思乱想地走出更衣室，经过外科恢复室旁的家属等候室时，在一大堆焦急鹄立的病人家属中，我发现那位病童的父母亲，他们正在那里和人交谈，谈话也许可以减轻他们此时的焦虑。

他们当时不知道自己的儿子此时已危在旦夕（说不定在我出来的瞬间已经死了！），心里仍怀着掺杂恐惧与希望的焦急、难耐，与人交谈。也许有人在安慰她，所以面向我这边的病童母亲脸上，露出不定的笑容。在知道事实真相的我看来，她的笑比哭还难看，还凄惨！

隔不了半个钟头，我在地下室喝咖啡时，从一个同学的口中知道，这位病童已经死了。医师聚会，本就经常在交换"病人已经死亡"的消息，但这个病童的死亡，却带给我一点感慨和一种联想：此时在家属等候室的病童父母，晴天霹雳传来，也许已痛不欲生，我想他们会后悔，后悔为什么要"选择"让儿子做这种充满危险性的开刀？现在"选择的后果"来了，这是他们一辈子都承担不起的！

如果，如果……但如果不开刀，有一天她的儿子无法负荷日益加重的心脏衰竭而去世时（这亦是指日可待），他们也许又会后悔当初为什么不"选择"让孩子开刀，至少那还有一线希望！

这只是一个例子而已，在大医院里，这种事情比比皆是，凡真正关系到生命的抉择，必是相当痛苦且无法逃避的。在四年级刚踏进临床医学的门槛时，我已能感知这种痛苦性，有时候痛苦也不失为抚慰人生的一帖苦药，在经历过这种痛苦后，它能让你更实在地把握人生。因此，当时一位工学院的同学，毕业前夕面临到美国或上研究所的选择时，觉得非常"痛苦"，不知如何是好。我就说：

"你这算什么'痛苦'？第一，你并非只有这两项选择，只是你划地自限，如果你愿意，你最少还有十种选择。第二，严格地说，你这并不算选择，因为你不管做哪种选择，人生都还有发挥余地，它并非决定成败的唯一因素。"

真正的选择往往是或此或彼，无由规避的，且其后果必更为重大，而选择乃是导致此后果的唯一因素，所以它才是痛苦的。就像加缪在《堕落》一书中所说的——一个德国兵向一位母亲说："请你在两个儿子中'选择'一个让我枪毙。你选择吧！"

医院里的"手术自愿书"与"麻醉自愿书"，措辞严谨，在开刀前，病人及病人家属要先在这两张单子上签名盖章。

我看有些人在看这两张自愿书时，看到上面"本人自愿接受……"及"如有不测……"的句子时，有的是无奈地摇摇头，有的是面露苦笑，它提醒你——这是你自己的选择。当然，绝大多数的手术都是相当安全的，但有几种甚为严重的手术，仍经常发生"不测"，"不测"也要做，正表示它不做也不行。在选择之前，谁也不知做何种选择才算"对"，事后也不能以成败论对错，但从中活过来的人，则不仅挽回了生命，而且提升了生命。

恰似剑客的感慨

刚调到四西病房时,我对自己以后两个礼拜内要接触的病人,做了一番巡视,住在这里的大抵都是肝、胃疾病的病人。其中有一位病人是严重的"猛爆性肝炎",已呈肝昏迷状态,皮肤呈现森冷的黄色,意识不清,呼吸有一股特异的霉味儿。根据我粗浅的经验判断,也知道他的生命可能只能以"小时"来计算。

这种病人的家属,通常不欢迎新到任的实习医师再从头到尾详细检查病人一遍(也许他们认为这是"折腾"),所以我只查看他的"活命征象",然后俯身深吸一口气,将那股特有的霉味儿吸入我的肺中,这就是肝昏迷的特异味道,我要牢记它。

有位教授向我们说起下面这个故事:一个房间内躺着一位昏迷的病人,教授请几个医师进去检查,很多医师在才进门没几步时就被打回——第一关没通过，不能再继续做检查；只有一位医师在房门入口稍微停下来，猛吸几口气，只有他被允许继续做检查。因为这位昏迷病人可能是肝昏迷，在入口处吸几口气闻闻看，是一个优秀的临床医师应该做到的事。

这种激励后进的前辈故事，在医学界俯拾即是。医学说起来相当残酷，它是以人的生命为代价换来的学问。犹记得我五年级刚到内科初诊看病人时，怀着一颗惶恐多于喜悦的心，坐在涂满茶色的诊察室内，忐忑不安地臆测自己一生中的第一个病人，不晓得是何模样。结果我的第一个病人是用推车推进来的，在推车之后，跟着拥进来五六个家属，大家围着我，你一句他一句七零八落，只有躺在推车上的病人，既不会讲话也不会动，直挺挺地躺在那里。我看了很久，看不出什么名堂，急得额头直冒汗，而家属的祈求声和怨叹声，却不停地在耳边盘旋，在一阵紧似一阵的惭愧和慌乱中，我兴起意欲逃离这间诊察室的强烈意图。

我说："你们稍微等一下，我马上进来。"

从诊察室的侧门走出，我就在廊边擦拭额头的汗水，用一种挫败了的眼光茫然注视天井对侧医院古典的红砖建筑及窗内走动和领药的人群。在经过无数次的竞争和考验后，使我有机会独自面对一个病人，结果我完全不知道他是患了什么病。

在因挫败而来的激动慢慢平息后，我又回到诊察室面对我的病人，暂时的脱离无法增加我诊断的能力，但使我平静不少。七拼八凑勉强完成病历，在等教授来复核的空当里，我坐在旋转椅里，手里握着听诊器，静静地看着病人，五六个家属也静静地站在我和病人之间，似乎在等待我的发言。我有什么话好说呢？

幸好教授及时出现，他看看我的病历，问了病人家属两三句话，再摸摸病人，然后对我说："嗯，是肝昏迷。"

当时的我只知道有"肝昏迷"这个名词，至于其症状及病征如何，根本不甚了了，倘若时光倒转，以现在的我去看当年的这位病人，我也许可以正确地下诊断。我的临床经验无疑是增加了，但在这段时间内，又有多少病人在我痛苦的注视下，咽下他们在人世的最后一口气？这其间有必然的关系吗？

第二天早上再到四西病房时，这位病人的床上只留下一条新换上的雪白床单。在晨间会报里，昨晚值班的医师报告病人于昨晚十一时大出血，急救无效而逝世。总住院医师翻开病人终结的病历，从中挑出几个问题来考问我们三个实习医师。病人虽已躺在太平间，但他仍是极好的教材，我们仍需不断讨论，不是为了他，而是为了以后的病人。

从前有位剑客，他杀人越多，剑术越精进。自出道后，他每杀一人，就在剑柄上划下一道深深的横纹，他经常抚摸这些令他产生"陷落"和"不快"感觉的凹痕，据说是用以自惕。自从我踏进台大医院的大门至今，在我眼前被覆上白被单送走的病人也已不少，我虽不杀伯仁，伯仁亦非因我而死，但他们却在我的见证下告别人间，而且我从他们身上盗取了生命的奥秘，借以丰富我的临床经验和人生经验，我不禁有着类似剑客的感慨。

肉瘤上的玉兰花

中午，同寝室的几位实习医师在宿舍内休息。

这段时间是我们彼此交换在各病房见闻的机会，我们谈论的话题经常有着浓厚的嘲讽意味，几个年轻、健康的人，天天以那些为病痛所苦的人作为话题，本身就具有十足的嘲讽意味。

在闷热的午后，一短串干燥的笑声从寝室的窗口爆出，穿过凝滞的大气和门廊，在不远处的太平间回响，给人一种郁闷和难过的感觉。

今天中午，林肇华医师谈起他刚到耳鼻喉科病房时，照例对自己的病人先做一番认识。他走进一间三等病室，发现一张病房上居然挂着蚊帐。在病房挂蚊帐本就离奇，更何况是大热天？蚊帐内躺着一个模糊的人影，他不解地走过去，把蚊帐掀开。

根据他的形容，掀开蚊帐后，他"和病人做瞬间惊惶的瞠视"！出于本能的反应，他急急放下蚊帐，但他马上觉得后悔，因为慢一步出现的"超我"告诉他，这样做是不对的。原来躺在蚊帐内的是一个在上颌骨部位长癌瘤的病人，癌瘤已蔓延到整个脸部，他的脸上全是随意滋长的癌瘤，有些部位的癌瘤已经烂掉，露出湿黏、猩红的肉芽。这幅恐怖的景象，随着令人扑鼻作呕的异味，和病人夹在癌瘤中间深陷、难解的眼光一起映现在林肇华医师的视网膜上，在他的大脑内成形。

　　这是多么恐怖的"视觉经验"，因为事先没有任何预感，所以在惊惶中，他急急放下蚊帐。但他马上觉得后悔，一个医师若对病人的"病痛"怯于正视，对病人将是何等的打击！病人大热天挂蚊帐，一方面是为了减少癌瘤散发出来的异臭四溢，一方面是为了防止逐臭的苍蝇在他爆裂开来的肉瘤上飞爬，可说是用心良苦。

　　林肇华所遭遇的故事，及这个故事引出来的问题，于我心有戚戚焉。前一阵子，我在外科急诊处也遇到了一个类似的故事。

　　病人是一位三十岁已婚女性，因左腋附近的恶性肉瘤在开刀后复发，从南部转送到台大医院来。她左腋下的复发肉瘤已蔓延到左胸壁及左上臂，好像在左腋下夹着一个橄榄球。主治医师看过后，判定无法再开刀，只得留在急诊处做支持疗法。

由于她的肉瘤已溃烂流渍，需经常换药。而换药正好是我的职责，记得在第一次为她换药前，护士建议我戴上口罩，因那恶性肉瘤即使在覆满层层纱布时，仍可闻到一股扑鼻的腥臭。

我觉得戴口罩对病人是一种侮辱，所以拒绝了护士的好意。

在我用镊子夹开覆在病人肉瘤上，被血水、恶渍渗透的层层纱布时，那股难以形容的腥臭随着蔓延开来，我屏息强行忍住，但它仍不断刺激我鼻孔的黏膜，在把纱布全部揭开，露出那狰狞的肉瘤时，我的意志终于敌不住生理的反应，别过头去干呕了两声。

这是非常失礼的动作，但我已尽了我最大的克制力。

我再度转过头来，注视眼前这块无法相信会在人间发生的恐怖肉瘤，在湿润的肉芽面上，我发现两只在其上细细蠕动的白色小蛆。

这个时候，我的脑海里一片空白，腥臭已不像原先那么难忍，我一面谨慎地呼吸着那股异味，一面用纱布拂去小蛆，用消毒药水清洗，然后再覆上层层的纱布。

随后几天，都是我为她换药。第三天，病人的推床已因旁边病人的抗议，被移到最阴暗的角落位置，且用一个遮架遮起来。

那天，病人小便解不出来，我在为她导尿后，顺便看看她的肉瘤是否需要换药。不知为什么，我有一种喜欢经常为她换药的冲动。

她用右手帮着我解开肉瘤上的层层纱布，纱布解开后，我赫然发现在肉瘤溃烂凹陷的地方，有两朵玉兰花，玉兰花的花瓣已被血水浸透，早已失去芳香，我呼吸到的仍是阵阵的腥臭。

人间之至香（玉兰花）与人间之至臭（肉瘤）血水交融在一起，这实在是一种奇怪的组合，我默默地看着它们，然后看看病人，她也正用一种我能即刻了解的眼光看着我。

她身上长着人间至丑的肉瘤，但她试图以人间至美的方式去化解它。

刹那间，我仿佛了解到我为什么会有喜欢为她换药的莫名冲动，我必须正视人间之"至丑"，然后才懂得去接纳和珍惜那人间的"至美"！

随时准备翻脸的信赖

到二东病房后不久，我接了一位罹患胆结石的中年妇女，她住院的目的是为了开刀。一个三十岁左右的女儿陪同她到病房来，我觉得她们母女相当可亲，所以在做完住院例行的问诊和常规检查后，我多说了些家常话。和病家闲话家常，可以减少她们的紧张和敌意，当了这么久的实习医师，对此我已是游刃有余。

隔天清晨六时，我为病人抽血时，伏在床侧的女儿从梦中惊醒过来，拉出她母亲被中的手让我抽血。当我屈着身，凝神注视鲜血从病人的静脉流进我手中的针管时，病人的女儿在旁轻声说："王医师，你们真辛苦。"

"当医师本来就很辛苦。"也不知道有多少个早晨，我醒来第一件事，就是把冰冷的针尖刺入温热的皮肤，去握取那温热的鲜血。

"现在辛苦,将来总是有代价的。"病人女儿的眼中流露出嘉许。在一大清早,就能听到来自一个美丽女人的鼓励,总是令人觉得愉快的。

开刀后,病人情况顺利,但每隔六小时仍需注射两针抗生素,这也是我的职责。有时候看病人的伤口太湿,我还顺便为她换药,重新贴上干净的纱布,她们母女也不住道谢,我们虽然素昧平生,萍水相逢时,她是有病之身,而我是医师,所幸她得的并非十万火急的病痛或什么无望的绝症,所以每天巡视病房、打针、换药时,总是有说有笑。

开刀后第三天傍晚,我照例为她打针,经过这么多天的相处,我和病人及她女儿似已相当熟稔,病人见我进来,就笑着伸出手来,问:"还要注射几次?"

"快了,快了。你的情况很好。"我边说边找寻她手肘上理想的注射部位。她的皮肤已失去弹性,浮在上面的静脉浮肿而蜷曲。摸起来似乎管壁很脆,且滑动厉害;我觉得她手臂弯处已注射太久,所以决定换个部位,改选手背上一条凸起于表皮上的浮肿静脉。

她女儿帮我扶住她母亲的手,笑着说:"我妈妈说住在这里服务真周到,好像住在旅馆一样。"

针尖在我的引导下刺入病人松散的皮肤,皮下蜷曲的静脉却歪到一边去，轻轻一碰，糟糕！马上鼓起一个大泡，病人不住喊痛，我连忙抽起针尖，用棉球止住伤口。

"对不起，你的血管很脆，再一次就好。"

我心想好在我这几天和她们母女有说有笑，而且这几天为她注射了十来次，都是一针见血，不然这次马失前蹄，不被她们抱怨才怪。

我又在手背上找一条血管，屏息注入，情况完全一样，我又判断错误。我自我解嘲地说："今天怎么搞的？实在对不起，越想让你不痛，结果痛了越多次。"

我试着想在病人的另一只手找理想的注射部位。病人的女儿忽然将手伸在我和病人之间，冷冷地说："算了！不必再打了。我看你再去学几年吧！我妈妈不是实习品。"

我抬起头来，接触到的是她极度不悦的眼光。病人也摆出一张冷然的脸，我低头看着手中留有病人血迹的针筒，但觉全身的血液仿佛一下子被抽光了，只剩下"你再去学几年吧！我妈妈不是实习品。"这句话在我空空的血管里急速流动冲撞。

我不知如何走出病室。走到走廊上，隔室一个病人正在走廊上徘徊，他看到我时，亲切地对我点头微笑，但我却生出一种梦一样的虚假感觉。如果明天我为他"服务"时，万一有什么无心的过失或令他不满意的地方,他可能也会掩去他亲切的笑容,说:"我看你再去学几年吧!我不是实习品。"

病人对医师的信赖,往往并非全心全意的,而是一种无奈的、暂时的、姑且试试的、随时准备翻脸的信赖。但这种脆弱而又紧张的关系,似乎是无可避免的,因为任何素昧平生的两人,要在匆促之间建立起利害关系,都有其潜在的危机。

以前常接到从别的医院转来的病人,在询问病人的治疗史时,病人常会把他们"一度"尊敬过的医师形容为"庸医",然后开始赞美台大医院,甚至连我也顺便夸奖几句。所谓"为学日深,为道日损;涉世益深,人情益薄",今后再听到类似的赞美时,我可能会产生悲凉的感觉,因为当有一天他对台大医院不满意,转到别处去时,我们也可能会被他形容为"庸医"。后之视今,犹今之视昔,我们能不悲凉吗?

忧惧成真的热泪

我和衣躺在医师值班室内，窗外是从寂静中逐渐苏醒过来的蓝天。我看看表，时间是凌晨五点十分，我虽一夜未睡，但却不能入睡，因为我手中握有一试管的鲜血，我把手中的试管移到胸前，它还是温温的，如果我朦胧睡去，试管可能从我的手中滑落，在撞击地面时破裂，也可能橡皮塞脱出，而使管中的鲜血淌在我的白衣上。

经过一夜的忙碌，虽然我已疲惫，但我一定得保持清醒，紧紧握住这管鲜血，因为这五毫升鲜血的主人已于刚才突然去世，教授吩咐我从他身上抽取几毫升的血液，紧握在手里，看它超过一定时刻后是否不会凝固，这是为了求证他的死因是否为"播散性血管内凝血症"——我们如是怀疑。当然，不管血液凝固不凝固，对"病人"来说都已一样，被送往太平间的"他"是不会过问的。死去元知万事空，但我们总得尽点人力，尝试去了解为什么他会遭遇如此的天命？

病人患的是"何杰金氏病"。虽属恶症，但病情一直控制得很好。今天中午，我去看他时，他突然对我说："王医师，我实在很怕死。"

我愣了一下，为他心中那股莫名的恐惧感到悲悯，但我只能安慰他说："你现在情况不错，不必想太多。"

"哎，你叫我怎能不想呢？我妻子还年轻，儿女还小，万一我死了，真不知……"

中午听他说这话时，我私下觉得他太过忧惧，因为他看起来并不像一个就要过世的人，想不到今夜就真的死了。他的死来得太突然，也太惨烈，凌晨两点，他开始畏寒冷颤，在把他的妻儿叫来"随侍在侧"时，病人已大量呕血且全身剧烈震颤（可能是消化道出血及脑出血）。经过一个多小时的痛苦挣扎，病人终于在少妻幼儿的惊惶注视下，呈永远的安息状态。我在清理他遗体的时候发现，他死不瞑目的眼眶外面垂着两行清泪，那是"忧惧成真"的热泪。

躺在床上的我，把手中的试管举了起来，发现试管中的血液仍未凝固，看来他的死因是"播散性血管内凝血症"了，真是天命！我看着眼前的这管鲜血，想起死者那不瞑目的眼睛和两行清泪，仿佛在说："我实在很怕死，但我正一寸一寸地死去，天啊……"

虽然我已极度疲惫，但我还活着，这是最重要的事。想及此，我似乎得到某种启示和激励，从床上一翻而起，站到窗前来（手中仍握着那一试管的血液）。窗口的对面是七病房的医务室，一个值大夜班的护士坐在灯火通明的医务室内，我不知道她在做什么，但她是值得礼赞的生命。

我抬头向天，天空是一片柔和的蓝色。人生的际遇是多么不可思议，在同样有着柔和蓝色天空的清晨，我曾带着一夜的沉重和烟臭，昏然倒在床上；也曾枯坐整夜做无谓的沉思，而于晨曦中走下某咖啡屋的台阶。当我抬头望天，我从未想到在如此类似的清晨，我会握着一管死者的鲜血，仰望天色。大体而言，我是一个每天从绝望出发的男人，但今天，我的体内却有一股迅速膨胀的激力，它充塞我的心中。医学让我改变太多，也让我获得太多。我同样是个怕死的人，但时间正一寸一寸地溜走，天啊！

我看看表，差五分六点。我该出发了，但不是从自己的绝望出发，而是从一个死者的绝望中出发。我打开值班室的门，快步穿过走廊（手中仍握着那管鲜血），走进医务室，把试管放在管架上，贴上标签，病人的血液在经过两个多钟头后仍未凝固，这虽无补于死者，但将使他的一生更为完整

——至少站在医学的立场是如此。

护士还没有准备好早上六点的针剂和抽血工作,我催她快一点,她一边做一边说:"你握着病人的血液,有没有睡着?"

"怎么睡得着?我不敢睡。"我说。

"一个晚上只要死一个病人,大家就都忙得别想睡觉,好在你们实习医师都还年轻,几夜没睡也没关系。我看你精神好像还很好。"

我笑着做了一个体操的动作,表示精神的确还很好,这种亢奋是透支生命后常有的现象。

第一次也是最后一次的慌乱

外科以开刀为主，在外科实习时，令实习医师最兴奋的一件事是：在离开外科以前，每个实习医师都有一次开阑尾炎（盲肠炎）的机会。这次的"破刀大典"都是以晚上的急诊病人为对象，因急性阑尾炎的病人并非天天晚上都有，所以大家只好排队守株待兔。

急性阑尾炎开刀，对外科医生而言，可以说是最基本的手术。我在外科实习了十个星期，也跟过十几台急性阑尾炎的手术，虽然当时担任的都是"副手"，但已觉得"眼熟能详"，因此在进入守候期时，轮到自己值班待命，总希望那天晚上能有个急性阑尾炎的病人上门。

虽然我将来不当外科医师，这次拿刀也许是生平第一次——也是最后一次——站在手术台上，公然划开一个陌生人的肚皮。第一就是最后。因为那是唯一的，在等候的期间内，我觉得我必须全力以赴，这其中同时含有珍惜和挥霍的意味。

不久前，美国一个七十几岁的皮肤科医师，决定用自杀来结束自己的人生。在自杀前，他到某个地方旅行，并到酒吧喝酒，他笑着对酒吧的女侍者大声说："这是你第一次也是最后一次看到我这个人。"几天后，他按既定计划自杀了。我所感觉到的珍惜与挥霍，就是这个意思。

啊，第一次就是最后一次，我能不珍惜吗？我能不挥霍吗？

当然，我的心里也有一股不太明确的罪恶感。就在这几天内，有一位陌生人，因急性阑尾炎而到急诊处来，他做梦都不会想到，我这个技逊一筹的实习医师已经磨刀霍霍等了他好几天。

时机终于来临，那是晚上九点钟。病人是一个十五六岁的小男生。急诊处医师诊断为急性阑尾炎，立刻照会外科。病人被送去开刀房后，我们四个值班的医师开始刷手，然后鱼贯进入手术室。大家穿好手术衣，替病人消毒，铺好遮布后，四个人围拢在那一圈白亮中带点橙黄的手术灯下。

一位三年住院医师和另一个实习医师站在我对面，一个一年住院医师则站在我旁边。今天他们都成了我的助手。我用戴手套的手，摸摸病人消毒过的腹部皮肤，产生略带空茫的兴奋。

"步骤知道吗？"林医师（三年住院医师）问我。我笑一笑说："大概可以。"

"好，开始。"在林医师的一声令下，我伸出手，护士把手术刀送到我的手上。

当我手上的手术刀作势要划下时，林医师摇摇头："你手术刀的拿法不对。"

我的手只好停在空中。在外科天天看开刀，结果轮到自己开刀时，竟连手术刀怎么拿都拿不准，虽然眼熟能详，但却知易行难，我的心一下紧缩，整个人仿佛离地半寸，飘浮起来。

在拿刀的手法被纠正过来后，我把手术刀逼近病人腹部的肌肤。我发现刀尖在落入那一片橙黄、有着织锦般光泽纹理的表皮时，有瞬间的颤抖，那代表我的心也在颤抖。

当一刀划下时，我马上警觉到它划得不够深而且不够长，几天来浮浅的兴奋就像自病人浮浅的伤口冒出的稀少血液般令我难堪起来。我的心一下子退隐到无限远处，独留躯壳和握刀的手，去面对肚皮敞开的病人。

"再划深一点！"林医师说。我的心则在无限远处向我的躯壳说:"这是第一次,也是最后一次,我没有想到情况会这么糟。"

尔后的时间仿佛变成一种波浪,我在波浪中载浮载沉,林医师成了我的救援者,他引导我怎么打开腹膜,怎么找出阑尾,怎么钩,怎么分离,怎么切掉它。这些动作我不知道看过十几遍了,但事到临头,却忘了十之七八,这其中没有珍惜,也没有挥霍,有的只是慌乱,层出不穷的慌乱。

直到把病人发炎的阑尾切掉,我的心才又缓慢进入我的躯壳。在缝好病人的伤口后,林医师用一种过来人的口吻说:"开完盲肠炎,外科可以算毕业了。"

这可能意味着我以后再也没有动刀的机会了,我松一口气,放下持针器,不自在地看着他,想说:"这是你第一次,也是最后一次看我这么慌乱。"

善意中隐藏着残酷

"医嘱：谢绝会客。"一块白底蓝字的亚克力板，悬挂在漆满茶色的门上，门虽设而常关。一个多月来，这间特等病房打开的次数越来越少了，很多来探望病人的亲友，都被这块牌子阻挡于门外。门外的廊边有一张小桌子，上面放一本专供访客签名的签名簿，旁边还有一排陈列"祝君早日康复"花篮的架子。从签名和花篮的数目可以看出，病人是一位交游广阔，颇有社会地位的人士。

最近几天，只有病人的直系血亲和医护人员才能走进这道门，他们围在病人身边，成为他和外界沟通的唯一管道。这是病人家属的要求，也经过上级医师的默许，因为络绎不绝的访客中，有病人事业上的朋友、学问上的朋友，他们经常带来外界的消息，病人家属极端反对这种交往，所以他们要求挂出"谢绝访客"的牌子，希望病人能获得安静。

另一个原因是家属企图向病人隐瞒他得的是不治的癌症，所有走进这间病房的医护人员、病人家属、同事和朋友，都知道他得的是不治之症，只有病人被蒙在鼓里。家属的阻延，使医师无法坦诚向病人说出病名，而每位访客来探望时，也都说些不着边际的风凉话。有时候，我在为病人打针时，听到访客及家属和病人"谈笑风生"，诸如"以后要请先生您指导的地方还很多""信雄一直希望你能当他结婚的证婚人，我跟他说：'那你们就要等一等啰！'"说话的人都有一种异乎寻常的热忱，好似他们不只要让病人相信，而且也要让自己相信一般。

病人默默地听着，偶尔抬起无神的眼光，浮出疲惫的笑意；有时则突然自喉间爆发出一阵猛烈的咳嗽，咳出来的血染在被单上，亲友们尴尬而怜惜地看着他，那一摊血遂成为他们善意谎言的句点。虽然人生如戏，在接近尾声时总是高潮迭起的，但对一个事先知道结局的旁观者来说，这种高潮就显得有点突梯滑稽。

我很少跟病人交谈，只做我分内应做的事。虽然就病人的疾病及病人本身而言，我只是一个无权发言的实习医师，但我深信一个曾经光荣生活过的人，也应该光荣地死去。得癌症又怎样？难道说得癌症就必须被诱骗，被封锁在一间紧闭的阴暗房间内慢慢死去?

病人是一个在事业及学问上都相当有成就的人,虽然死去元知万事空,但所谓薪尽火传,也许他有许多未竟之业,未了的心愿,必须把握住这段最后的时光做详细的交代。而这些都在所谓替病人设想的善意谎言下,受到善意的阻延。但它虽然阻延一切,却无法阻延死亡。

有时候,我看到病人逐渐昏茫而带着不解的眼神,我的心中有一股激动,很想过去握紧他的手,说:"你得的是肺癌,好好把握吧!"这股温暖的激动只是基于同类间的爱,就好像看到太空人登上太空船,要朝邈不可知的宇宙"上路"时,我会衷心地寄予祝福一样。

但我仍然只是默默地看着他,因为我相信,病人家属爱他必千倍于我,他们也必能说出千种反对我这样做的理由。有人说:"病不是长在你的身上,而是长在医师的嘴上,当它从医师口中说出时,就开始在你的体内蔓延。"这句话并非全无道理,也许很多家属(甚至医师)反对告诉病人癌症真相,多少都有这个阴影的成分在内。

我曾看过一个病人,住院检查后,医师还未向他说明是什么病,他就先说:"如果我得的是癌症,希望你们坦白告诉我,因为在我死前我还有很多事情要做。"在医师告诉他真相（癌症）后，病人就办理出院手续，去做他想做的"很多事情"。虽然他最后还是难免一死，但总比被困在牢笼般的病房中等死要勇敢得多，光荣得多！

因此，每当我看到访客驻足在这位肺癌病人紧闭的门口徘徊，不得其门而入时，我总有着深深的感慨，人类在处理死亡（或者说等待死亡）这件事时，在缛节中有着轻率，在善意中有着残酷，将死的人往往只能保持沉默，这是为什么呢？

几天后，花篮被撤走，签名簿被阖上，病人从房间内被推出。也许病人在临死的一刹那才晓得他的病是怎么一回事，他想开口抗议，但死神是不会给他机会的！

斯文扫地，留住生命

晚上在医师宿舍休息，意外地接到一位高中同学的电话，他在电话里说，最近出差到东南亚，回来后连续发烧一个星期而且咳嗽，问我是什么病？要不要紧？

因为在东南亚诸国，曾发生很多国内没见过的怪病，我一时不知如何回答，只好问他："你看过医生没有？"

原来我这位朋友重要的话在后头，他在电话里低沉而缓慢地"嗯"了一声，似乎蓄劲待发，然后说："我今天早上八点就到台大医院排队，弄到下午一点多才出来。好像乡下人进城，搞得糊里糊涂，一下子到这里，一下子到那里，一下子抽血，一下子照 X 光；结果跟医师讲话的时间还不到五分钟。我想一个大学毕业生去看病都这么难，不知道其他人是怎么看的？"

我的朋友是一个颇有书生气质的公务员，他也许觉得凡事靠读书、思考就可顺利解决，其实到医院看病跟去公家机关办事一样，一回生两回熟，你只要多来几次自然就能"宾至如归"，但这对病人是一种"禁忌"，我总不希望他为了摸透大医院的作业程序而多生几次病。所以我只好默默接纳他的牢骚，改个话题："医师怎么说？"

他告诉我一个主治医师的名字，然后向我试探他的医术高明不高明，我说："你相信他的话就不会错，他怎么说？"

"他也没有说我是什么病，只开了一些药，叫我去照X光、抽血，说先吃药看看，三四天后再来。"

我觉得我一直掉进一个类似陷阱的黑洞中。我只好说："有些病要实验室检查后才能确定，那你就过三四天再去好了。"

"他说三四天到底是第三天还是第四天？第三天是星期六，第四天是星期日，到底是哪一天？是早上还是下午？"

"你早上来，拿今天的挂号证改到复诊处挂号。复诊挂号处就在初诊挂号处的对面。你星期六或下星期一来都可以，自己看着办。"

他又有问题。他问："还要八点钟去排队？结果医师只看五分钟？"

这两个问题的答案可能都是令他失望的。我说："复诊人数较多，你最好早一点来挂号。检查结果的资料齐全的话，医师会看得比较快。"

和他通完电话后,我有点茫然地坐在桌旁。入夜后的医院很快就安静下来,而且显得有点阴森,但明天一大早,又是无尽的嘈杂和繁忙。我想象我这位朋友今天早上走进医院大门后的"行踪",他的焦躁、昏乱和受挫,他所看重的某些东西被抹杀了,这对他有没有好处呢?很难说,也许他不愿接受他只能"分配"到五分钟的事实(门诊三小时,一个医师看三五十个病人,无论怎么分配每个人也差不多只能分到五分钟时间),但我想这总比由几个医师花一两个钟头反复诊察,而后带着更加肯定的自我中心的"哀愁"离开医院更接近人生。因为并不是只有他生病,他的病也不见得比别人重。

前几天听一位妇产科医师说,一位老太婆老远从南部搭夜车来台北看病,因为门诊病人太多,老太婆刚上内诊台没多久,就轮到下一个病人,老太婆抱怨说:"我裤子还没脱好,你就说看好了?"我的朋友应该知道这个故事,而这位老太婆又应该知道下面这个故事:在别处更繁忙的妇产科门诊,因为病人实在太多,为了争取时间,通常是一个病人在诊察室门口"准备",一个病人在诊察室内检查台遮幕外动手脱裤子,一个病人在检查台上接受检查,一个刚下台的病

第一部 实习医师手记

人则在另一旁穿裤子。

也许有人会问:"为什么要搞出这种场面来呢?简直是斯文扫地!"在时间和病痛的压迫下,"斯文"自然而然地"扫地"了,无情的不是医师或医院,而是时间和病痛。在那么短的时间内要解除那么多的病痛,"斯文"也许是置身事外者很好的话题,但留住斯文并不能留住时间,也许也留不住生命。

医学加诸一个老人的荒谬

早上到泌尿科门诊替门诊病人换药,来换药的病人大致可以分为两类:一类是十七八岁的年轻小伙子,几天前刚割过包皮,仍留有一种稚气未脱的羞报。一类是六七十岁的老头子,老眼低垂,沉默而自足地坐在那里,仿佛若有所思,也仿佛若有所失。

那些老人大多是做"膀胱造口术"的,因为小便无法从下面自然解下来,又不适宜开刀,只好在小腹开一个洞,从膀胱接一条橡皮管导出来(人工尿道),然后在大腿内侧绑一个塑胶袋,当作随身携带的"尿壶",定期更换。这对日趋保守、念旧的老人来说,也许是一种难堪的折磨,因为它时时在提醒他,在人生的旅途上,他"又"失去了某些重要的东西,现在竟连愉快地"撒泡尿"这种最基本的需求都被剥夺了。人生至此,夫复何言?我想就是这种处境使他们默默地坐到一旁，老眼低垂，若有所思吧。

替两个割包皮的年轻人换完药后，刚刚看到的一个老人慢慢走进治疗室，他看了我一眼，把缴过费的治疗单递给我，然后背对着我和护士脱下长裤，解下绑在大腿内侧的塑胶袋，有条不紊地放在不锈钢台面上，再把垂下的橡皮管摇一摇，滴出两三滴尿来。

他的动作粗鄙中带着优雅，漫不经心中有着专注，很像劳伦斯笔下疏离于文明社会的人物，唯一不同的是他的血液中没有他们那股腾跃的活力，他已是一个老人，一个"不能小便"的老人。在医院里，不管是在病房或门诊，我都乐于默默地观察我的病人，特别是他们的动作，因为我深知他们有以教我。这个老人，如此粗鄙而又如此优雅，如此漫不经心而又如此专注，他在告诉我什么呢？他看似退缩，又似无所顾虑，一个人要经历过多少成功，多少失意，才能蜕变成这种美妙的组合？

万物静观皆自得，你断了一条腿也好，胃被割掉也好，不能生育也好，不能小便也好，若能常忘此身，静观自得，有形的残缺往往能导致无形的完美。当然，这也许都是我这个实习医师"强作解人"。但若非如此，我面对且有感于这么多病痛，又将何以自处呢？

就在我意念神驰的时候，老人已四平八稳地躺在治疗台上。我拔掉一条条固定橡皮管的胶布，拉住橡皮管悬空摇一摇，他腹部的皮肤跟着动一动，老人微微抬起头来，不置一词地看着我的动作。当我冲洗他的膀胱时，他看到橡皮管伸进他腹部的瘘口处有水（也不知是水还是尿）渗出，脸上露出老人惯有的不以为然的表情。腹部的肌肉是他可以控制的，所以他有点固执地收缩着腹部的肌肉，那些溢出来的水，就在瘘口处一沉一浮，然后脸上露出得意的笑容，他还是可以凭一己之力改变某些东西的，这使他稍感安慰。

但他所能控制的也仅此而已，所以他又躺下去，老眼低垂，对医学加诸一个老人身上的荒谬，露出容忍的表情（"居然用一条橡皮管来取代我的尿道，还要用水冲洗！"）。

好长一段时间，他任我摆布。最后，当我要拔出旧橡皮管，为他换上一条新管时，旧橡皮管前端那个反锁式的塑胶球，顽固地抵在膀胱内拔不出来，我觉得抗力很大，所以抓紧橡皮管末端，再使力一拔，"泼"的一声，塑胶球立刻自瘘口处喷出，出其不意地弹跳到我的脸上，它带出的几滴水（也许是尿）也喷溅了我一脸。

护士在旁边笑着叫出来："小心一点！"我连忙拭去脸上来自老人膀胱的液体，凡事静观皆自得，一个老人的尿喷到自己脸上，又算得了什么呢？庄子不是说"道在尿溺"吗？我自我解嘲地说："还好，没有什么味道。"

在我为他装上新的橡皮管时，老人看着我，脸上不经意地露出一个神秘而自得的笑容，他的笑，显然是针对我的。也许他在想：这个小医师今天居然"吃"了我的尿，人生真是柳暗花明啊，但他"吃"尿是他咎由自取。哈！

在我为他固定好最后一条胶布后，老人又从治疗台上下来，慢慢穿好衣服，低声向我说一声"谢谢！"，然后转身离去。在他离开的一刹那，我忽然发现他只是一个平凡而行动不便的老人，我怅然若有所失。

如果那一针打在我身上

下午和住院医师带一个病人到膀胱镜室做检查。病人主诉血尿,我们希望能找出他出血的部位及原因。

病人在走进膀胱镜室,看到检查台及一些用不锈钢做成的仪器后,两眼瞪视,步履沉重。在大医院里,到处可见这些"可恨的钢",当它插进病人的体内时,被病人形容为"肉包铁",轻轻一动,就会有被肢解的撕裂感。

当病人爬上检查台后,两眼犹在室内的一些钢制仪器上游动,他不知道他的肉体要包容的是哪一根铁。他不安而有点认命地问:"医师,会不会很痛?"

"痛?"住院医师故作惊讶地说。在很多医师的字典里,是没有"痛"这个字的。顶多只有"止痛"或"麻醉"这类的字眼。

"等一下打麻醉药,会让你好好睡一觉,什么感觉都没有。"

消毒好后,住院医师叫我替病人打一针麻醉剂。在注射时,病人犹不安地问我:"真的会睡觉吗?我从来没有麻醉过,是不是跟死了一样?"

"好像你平常睡午觉一样。你现在从一数到十,慢慢数,还没数到十就会睡着了。"我像把白鸽装进高顶黑帽,然后要让它消失于无形的魔术师一样,侧身在他平躺的身前低声说。

病人顺从地闭上眼睛,慢慢开始数:"一……二……三……四……五……"然后忽然张开眼睛来,说:"我还很清醒。"

"眼睛闭起来,再慢慢数,一定会睡着的。"我摸摸病人的脸颊说。

"六……七……"病人的声音显出抗拒的意味,他似乎试图凭自己的意志力来抗拒麻醉药的作用。"八……九……"他仍在抗拒,但声音已越来越低,越来越含混。任何抗拒都是没有用的,只要是血肉之躯,不管你意志多坚强,智慧多高超,体格多雄伟,必将在几秒钟内屈服于几毫升的麻醉剂。这就像人死后,尸体会腐烂发臭一样,是确切不移的。

当他数到"十……"时,已变成胡言乱语,然后就陷入无意识状态中。我看着他一无表情的熟睡的脸孔，为他感到有点悲哀。只要替病人注射一点药水，他就完全被你操纵，乖乖地在几秒钟内陷入你所预期的情况中，这也许能给人一种"有力感"，但除了"有力感"外，我还有一种悲哀的"无力感"，因为这一针如果打在我身上，不管我如何抗拒，我还是同样逃不过它的药理作用。我想很多人对这种科学的两面性都有类似的感受，只是当它施用在一个活生生的人身上时，显得特别尖锐与深刻而已。

住院医师在探视病人的膀胱后，叫我也过去看看。我覆在膀胱镜上，看到病人漂亮而寂静的膀胱内表，似乎没有什么异样。然后住院医师拿起一根细长有着色纹（刻度）的管子，伸进膀胱镜，随着视线的引导，要将它逆行伸进一侧的输尿管，分辨是左侧还是右侧的上尿路出血。

我低头看着细长小管慢慢由外向内推进，病人熟睡如死，他一点感觉都没有。伟大的麻醉药让多少人免于痛苦，伟大的安眠药让多少人免于失眠，有人说这是"药物文明"，但我总觉得好像有什么地方不对劲。

我一向为轻度的失眠症状所扰，有一晚尚未上床前，服用了一颗安眠药，然后躺在床上默想这颗药将在我的胃肠里消化分解，为微血管所吸收，经过体循环，进入我的大脑，在这时,一向不太听我指挥,自有主张的意识(诗人叶慈所说的"他方之意识")就会听命于药物,放弃抵抗,让我入睡。开始时,我对自己委身于安眠药物,感到有点悲哀,我的形体已放松,准备接纳这个命运,但我的意识却仿佛因受到挑战(或者说诱惑)而昂奋、激怒。结果我在床上躺了一个多钟头,最后还是爬了起来,虽然我头重脚轻,但我仍可以感觉到那夜色的美丽,微风的清凉。

一个人若不麻醉自我,他势必承担更多的痛苦。而大部分的人会问:"为什么要接受痛苦?"所以吃药的人很多。

探索，在显微镜下

晚上在小儿科病房值班，八点钟时，东边病房住进了一位小病人，看看住院许可证，诊断是"急性淋巴芽球白血病"，凡是住进台大医院来的，得的可能都是相当麻烦的病，即使在小儿科亦不例外。

我拿着血压计、病历及全套的血液检查道具，走进看来有点昏暗的病房。一个小学生模样的病人，正跪坐在病床上，似乎对这陌生的环境有点惊恐，他的脸色呈苍白色，两眼无神，这正是急性淋巴芽球白血病的特征之一。

小病人的病历资料主要得自于他父母的口述。当他父母急切地向我诉说病人最近接踵出现的令人不安的异样时，小病人显得有点心不在焉，好似那些事于己无关似的。死亡的阴影对小孩子来说太过抽象了，他们可能没有这方面预期的感受。

所以在听完他父母叙述后,我逗着小孩,亲昵地拍拍他的面颊,叫他躺下来让我检查。病人除了肝脾有明显肿大外,其他没有什么重大发现。对白血病病人来说,血液检查相当重要,而且是诊断的依据,所以我小心地在病人的耳垂上刺了一针,赶快嘴对橡皮小管"吸血",先是血红素吸管,再来是红细胞吸管,然后是白细胞吸管;紧接着又做两张血液抹片;最后是测他的流血时间。将近一年来日夜不断地磨炼,已使我的这些常规检查动作显出机械般的灵巧。

所有的检查工作必须在今天晚上完成,而小儿科检验室的门已关上,因此我必须到四楼的小儿科研究室做显微镜检查。四楼在入夜后,特别是图书室关门后的深夜,就变成一幢阴气深深的大楼,长廊绵延得相当远,走在不知道已有几十年历史的木质楼板上,脚底时时发出神秘的回响,但我喜欢这种气氛。如果我老一点,或者年月再向前推移一点,在如许的深夜,拿着得自于人体内的某些东西,独自步上古老的大楼,准备利用科学仪器去探究其中的奥秘,则在冰冷的理性中是隐含有鼓动的浪漫色彩的。

我打开研究室的门,扭亮电灯,然后锁上门,这是我的习惯(因为怕有什么始料未及的事物会突然出现在身后)。研究室中摆满了瓶瓶罐罐的试剂及各种精密仪器,我走过它们，抵达窗边的长桌，打开台灯，显微镜就放置在桌上。

我先做小便检查，然后计数红细胞，然后计数白细胞。在眼底那一圈明亮的光影中，无数的白细胞挤满了一个个正方形的框框，我一个个计数，它们实在太多了，多得令人眼花缭乱。

最后我把染色好的血液抹片，放到显微镜的载物台上，点上油，用油镜观察。眼底所呈现的是一个明亮而静谧的彩色世界，在淡红色的红细胞中，有一个个湛蓝的白细胞，它们随着我的转动细节轮而慢慢移动。初次认识这个世界是在大学四年级的时候，当时同学们互相穿刺彼此的耳垂，然后用自己的血做成抹片，加以染色，然后放在显微镜下自己观察。苏格拉底说："认识你自己。"我不知道苏格拉底这句话是否包括认识自己的显微构造在内，但能够认识总是好的，那是一个相当静谧的世界，虽然复杂、奇特，却没有一点纷扰，它只是在你的控制下，静静地在你眼前推移。

此时我又产生了这种想法，夜已深沉，整个四楼只有我一个人，坐在桌前，借着科学仪器之助，探入某一个人的体内深处，而且把它放大一千倍，它完全在我的掌握之中，静静地让我探索。我忽然了解到为什么有些人会认为爱及其他人际交往中没有什么可以把握的东西，他们宁可把时间花在无情的事物上（譬如做学问），因为这是他们唯一能把握的东西，在这里面，他们可以凭着一己的心力、智力和努力，去克服时时冒出来的茫然和挫败感。我也了解到为什么以前深夜在医学院漫步时，总会看到研究馆的楼上仍有一盏盏明亮的灯光。

看完显微镜，锁上门，走过阒无一人的长廊，回到小儿科病房，两三个病人家属站在医务室前，我不知道发生了什么事，但心想那绝非一己之力所能把握的。

冥思，病痛的哲学

在儿童心理卫生中心的日间留院部，三位初抵此间的见习生（医科五、六年级学生）在看完一二十个小病人后，似乎暂时都陷入各自的沉思中。

所谓"小病人"是指智能不足、自闭症、脑性麻痹、行为障碍的孩子。第一次看到这么多不幸的孩子聚在一起，他们的表情、动作及无声的语言所构成的奇特景象，总会让人放慢匆忙的生活步调去想一想，因为它似乎想要向我们表白什么。当然，触景生情的人想了些什么及想出了些什么结果，就要凭个人的感受而定了。

有一位见习生也许想到了些什么，忽然脱下他身上象征身份与责任的白衣，激动地说："在我穿着白衣的时候，我会任劳任怨地照顾他们、治疗他们，甚至唱他们永远听不懂的歌给他们听；我不敢问，现代医学对他们能有什么帮助，但当我脱下白衣后，我要问，这些人连自己在受苦受难都不知道，那已是痛苦的极致，我们为什么不让他死……安乐死或者什么，我想死亡对他们也将是没有感觉的，不要用道德的问题来诘难我，我要问的是，为什么他们要忍受这种无意义的痛苦？"

最近，一位刚赴美的社会工作者，在医院喧嚣的小卖部里，冷静地告诉我上面这个故事。我也曾经是医科学生，也曾想过类似的问题，我为这位医科学生祝福，不管他现在怎样，但只要他有心想这个问题，在他往后更多的临床经验中，也许能想出更好的答案来。

伊凡·卡拉马佐夫曾提出一个问题：为什么无辜的婴儿仍受痛苦和死亡的威胁？我对这个问题的引申是：为什么好人仍会为病痛受苦？善良的人仍会半身不遂或者死于癌症？一板一眼的医师也许会说：因为他不注意卫生；他摄取过多的动物性食品；他抽烟。"预防胜于治疗。"——我们要事先防范悲剧的发生。

譬如上述智能不足、脑性麻痹的小孩可能是母亲在怀孕期间生病或用药不当，所以我们要事先防范。"预防"好似成了最好的答案，像心理疾病或适应失调是最难预防的，但仍有位心理治疗学家说：如果罗密欧与朱丽叶能够事先接受适当的心理辅导的话，就不会发生悲剧。但我想这绝不是伊凡·卡拉马佐夫所想要的答案。

因为悲剧已经发生了，每一个来到医院的人，在身心方面多少都已出现了某种悲剧。

医师最不愿意面对的是眼看病人受病痛或死亡的威胁，而自己却爱莫能助的场面。在这种场合里，医师赖以维持身份与自信的医疗技术，黯然隐退，面对病人的祈求眼光，他将何以自处呢？即使病人不祈求，像茫然不知的智能不足儿，医师又如何赋予他们的不幸以任何意义，而不是绝望地去"治疗"他们呢？

意义治疗学家弗兰克对人类受苦的意义，曾有一个生动的比喻：如果人类为了制造小儿麻痹疫苗而在一只猿猴身上刺了好几针，依猿猴的智慧，它是不可能知道它为何受苦的。同样的，以人类目前的智慧也无法了解人类为何要受苦，为何要受病痛和死亡的折磨。猿猴的受苦是为了奉献人类，病人受苦的意义有一小部分是为了奉献给往后受同样病痛折磨的人类，但它的终极意义是什么？病人受苦及死亡的终极意义是什么？这已是哲学及宗教问题，而非医学问题，弗兰克称此为"存在的奉献"。

弗兰克这种兼含功利与宗教色彩的说法，在我开始接触病人后，即不断给我冲击，同时多少也是我实习医师生涯中的一项支柱。如此我才能为一位已经无望的病人再做腰椎穿刺，抽取脊髓液来检查，或者像那位见习生所说的，唱他们（智能不足儿）永远听不懂的歌给他们听。人类的存在，包括病痛及死亡，终将是一种"奉献"，正因为我们不明了它的意义，所以我们必须更心怀敬谨。

哈佛大学的某教授曾写信给美国医学会说："医学面临着扩大其作用的使命，医师绝对需要浸淫于哲学之中。"在慢性的不治之症成为人类的主要病痛时，不仅是医师，病人可能也需要一点"病痛的哲学"。

面对死神，不必卑屈

晚上值班打针时，发现二等病室那位罹患肺癌的老先生又在流泪。他不是我的病人，但我最近两三次值班，都看到在这一天即将过去的时候，他躺在病床上流泪。照顾他的另一位实习医师是虔诚的基督徒，前几天在吃饭时告诉我说，这位老先生心里充满了死亡的恐惧，他正积极给他宗教上的支持。但我想我那位同学是失败了，对一个心里充满死亡恐惧的人来说，天国也许是一个噩梦，他宁愿为这即将告别的尘世而流泪。

轮到他打针时，他转过头来看着我，任凭泪水沿着面颊流下，毫无掩饰或羞赧之意。

打完针后，我问他："你睡不着吗？"

"我担心这一睡就醒不过来了。"他看着我，泪眼里露出不确定的祈求之意，也许他希望我能像变魔术般一下子使他的肺癌消失，但我心想如果他能这样平静地死去的话，将是一种幸福，我看过几个肺癌病人的"死"，他们的死似乎都是相当痛苦的。

我本想说"心情放轻松一点"诸如此类的话，但我觉得这可能是一句不着边际的废话，因为这句话他不知已经听过几百遍了，对一个走向死亡的人，我还是尽量尊重他自己的意见好。

"垂死的挣扎"对一般人来说，也许只是一句文学用语，但在医院里则是一幕活生生的惨剧。"挣扎"使得必然的死亡益形"悲惨"，虽然我的经验不多，但我看到的死亡全是悲惨的，在弥留之前，不是退缩，就是愁眉苦脸，或者饮泣，一片愁云惨雾。然后，有的陷入昏迷，有的"挣扎"几下，就这样去了。第一次目睹死亡是在五年级的时候，他也是一个肺癌病人，临死前哀号几乎长达十分钟之久，当时的我一下子被那凄惨的场面慑住了，往后几天我一直在想，当我死时，我会像他这样哀号流泪吗？

医师也许较能冷静地面对自己的死亡，俄国小说家兼剧作家契诃夫医师，本身患有肺结核，临死时喝了一杯很久没有喝的香槟酒，然后说："我死了。"翻过身去，便与世长辞。在死神面前，他既不哀号求生，也不挣扎，也不畏缩，而是自主地、坦然地接受必然的它。

据说荷兰画家伦勃朗临死前，请他的朋友房龙念《圣经》里雅各与天神摔跤的故事给他听，然后伦勃朗以他沾满油彩的手指放在胸前说："那人说，你的名不要再叫雅各，要叫伦勃朗，因为你与神与人较力，都得了胜……单独一人……但最后都得了胜。"然后，"得胜"的他闭上了眼睛。在死神带走他之前，他毅然宣布"得胜"的是他，从伦勃朗在美术史上的不朽地位来看，"得胜"的的确是他，他不必在死亡面前屈膝落泪。

八十五岁时仍作画不休的米罗，常对人说，他临终的遗言是"他妈的！"三个字。他蔑视死亡，因为死亡无法使他继续工作。

每当我看到垂死的病人时，"我死了""我得胜了""他妈的"这几句话总会浮现在我的脑际。我多么希望他们能说出类似的看法，能有一个比较像样、比较光荣的结束生命的方式。但我看到的只是恐惧的眼神与颤抖的嘴角，然后无可奈何花落去。既然死亡是必然的，何必在它面前如此卑屈呢？

02

| 第二部 |

枫林散记

生命与尊严

某病房素有癌症病房之称。根据某种不公开的说法，在星月无光的深夜，时而有病人自打开的窗户跃出，在短暂的飞翔感觉之后，发出沙袋撞击的闷声，黯然掩去他一度璀璨过的生命火花。

当我调到这栋病房时，正是阳光普照的深秋，窗外的群花已由绚丽而趋于烂熟。在众多尿毒症、血液病与癌症病人当中，有一位病人引起我极度的关切，他是一位肾结核症患者，开过刀后，转到内科来治疗。

因为伤口未愈，两条引流管仍然插在他的右腰侧。他几乎整天躺在床上，瘦削的脸颊使他的眼光显得格外深邃，两眼不时急速转动，充满掺杂愤怒与宽容的异样神色。

在刚开始时，我和他保持一段距离，因为我觉得他是一个难以接近的病人，他经常为小事而迁怒于他太太。即使我为他打针时，针头若稍为深入一些，他亦毫不掩饰他的不豫之色。但大家都很快就原谅了他，也许他所忍受的是一种几近于圣者的苦难和孤独。

有一天晚上，我到病房打十二点的针剂，走进他那一间三等病房，其他的病人看起来似乎都睡着了，他正立在床侧，全身脱得赤条，面对着窗户，不时用毛巾从他面前的水盆中掏水来擦拭身子，且低声哼着小调。

当他察觉我的出现时，侧过身来，牵动连在床下的两条引流管，脸上露着笑意说："医生等一下，让我好好洗个澡。"

我将注射盘放在床上，坐在床沿安静地看着他。他实在太瘦弱了，几乎跟耶稣一样瘦弱，在黯黄色的灯光下，只有轻微的水声，以及毛巾和他身子的轻轻晃动，构成一幅极为柔和但却暗含苦楚的画面，使我想起毕加索早期的画。这里没有尊严，没有光荣的使命，没有高贵的情操，有的只是如何活下去这个问题。

但活下去岂不就是最有意义、最真实的事情？设若你的生命完结，则一切的许诺都将成为谎言，所有的欢乐都变成泡沫。因此，有人宁可抖去高贵的外衣，烧掉美丽的金阁，也要活下去，为了一个卑微的意义活下去。

像我眼前这个病人，他现在不是很快乐吗？也许他已几天没有洗澡，现在正得其所哉，浑然忘我。苦难中人的快乐和痛苦通常来得较为强烈，也许是他们将一切都豁出去了，只剩下生命这一份最后的恩赐，所以他们能尽情地哭泣，尽情地欢唱。

所谓文明人，大家都太匆忙、太高贵优雅、太有尊严了，彼此交换名片和体面话，用手套握手，以西装和晚礼服相互厮磨，反而给人一种虚假的感觉。记得某位名人，在一次宴会上，吃下滚烫得要命的菜肴后，马上吐出来，令席上的文明人瞠目结舌，惊讶莫名。他咆哮着说："你们看什么？笨蛋才会将这么烫的东西吞下去！"这实在是一记当头棒喝，文明人做"笨蛋"而不自知，他们的矫情使他们忍受了太多不必要的折磨，失去了太多生命的欢乐。

生命是无邪的，何不让我们摒弃虚矫的尊严，美丽的谎言，而追求（保有）生命的圆满？在这个尘世中，唯一能令我们激动的东西除了生命而外，还有什么呢？

童子何辜？

一位父亲号啕大哭地抱着一个十岁大小的男孩跑进急诊处来。将病童放在治疗室的推车上，我检查的结果是：病童手脚微温，无呼吸，无心跳，右眼受撞击而凸出，眼眶内有瘀血，瞳孔放大。

从泪流满面的父亲口中得知，"死者"帮父亲照顾摊贩生意，九点多钟时，拿着父亲给他的两块钱，骑脚踏车意欲到对面的面摊吃面，一辆轿车疾驶过来，将"死者"撞倒后，扬尘而去。

做父亲的一面哭泣着追述那令人惊惶的一幕，一面掏出肮脏的手帕，试图将凸出的眼球按回原位；并不断呼唤他儿子的小名，催促他快一点醒过来。"血牛"[①]适时地走进来，问我要不要输血，我说不必。做父亲的似乎想到什么，急

[①] 卖自己血液的人。

忙从口袋里掏出一叠揉皱的钞票,说:"这里有七百多块钱,拜托医师帮帮忙,救救我孩子的性命。"然后作势要跪下来,我急忙将他扶起,深吸一口气,用中性的声音向这位激动的父亲宣布他孩子业已无救的噩耗。

父亲的反应是可想而知的,"此亦人父也"。我将手放在他的肩膀上,希望能分担他此时的哀痛、悔疚和愤怒。在医院里,这已是我所目睹的第五个幼童之死,当一个幼童濒临死亡边缘时,他没有哀号、没有挣扎,通常是只平静地死去,一切辉煌、神圣的理由似乎都永远无法挽回一个幼童无辜的死亡。如果我们连幼儿无邪的笑颜都无法留住,都要加以摧残,则所谓人性的光辉、永恒的意义,岂不是让我们徒增尴尬而已?

做父亲的双手捧着揉皱的钞票,屈立在他业已死去的孩子身前,那无声的呜咽,眼中的神色,使我想起伊凡·卡拉马佐夫,这位现代虚无主义的精神导师,在看到幼儿无辜的夭折后,愤慨地宣称:"如果幼儿的痛苦是凑足为赎买真理所必需的痛苦的总数,我马上声明,任何真理都不值得这个代价。"从这位父亲眼中,我读出了同样的愤慨与否定之意志。一切辛劳,一切希望(做父亲的说他儿子每学期都读第一名,儿子是他唯一的希望),都被他流下来的热泪所否定了。

生命滋味

我不知道那位扬尘而去的轿车主人是否曾经有过片刻的悔罪意愿？也许他自己正以咬啮般的痛苦维护了某些"真理"——人世之不义，无辜幼儿的必然死亡，弱肉终遭强食等，但在真理与正义之间，我们应该选择何者呢？当大家拼命在构筑各自及人类全体的巴别塔时，却有无辜的幼儿在一旁流泪、淌血，我们能否驻足片刻：攻击天堂，与上帝相抗衡的巴别塔竟然是建筑在一个如此不义的大地之上？这是大地的象征吗？还是人类的自我诘难？

苦涩的辩护

几年前,我还在当实习医师的时候,有一天在外科值班,当晚急诊开刀的病人特别多,我从晚上进开刀房一直站到隔天早上七点才出来,心想八点必须参加外科早会,八点四十分又要进开刀房,只好拖着疲惫的身子到小卖部买些早餐。进餐时顺便浏览一下某报副刊,意外地发现一篇名家慨谈他对医护人员的观点,风趣中充满了揶揄,大意是说医护人员铁石心肠,无法设身处地为病人着想,了解每个病人病症的"迫切性"和"重要性"。作者在写了这篇文情并茂的文章后,为自己多年的求医经验出了一口怨气,此时也许正在被子里心安理得地呼呼大睡。我怀着苦涩的心情和残余的平旦之气勉强看完这篇文章,在走向外科讨论室的途中,仿佛觉得走廊边早起的病人都在指指点点,用追索的眼光看着我们这些医护人员。

作家笔下的医师似乎都是现实、冷酷或者猥琐、可笑的，从莫里哀的戏剧里即可见一斑。有人说这是因为一般人在求医时，暴露了自己太多的隐私，在医师面前矮了半截；病好之后潜意识里有所不甘，所以曲意将医师丑化，以作为一种"补偿"。我想这只是部分原因，主要还是来自彼此的隔阂和认识上的差距。

病人心目中的医师意象与凡人之躯的医师有其客观上不可弥补的罅隙。病人时而希望医师像随时能从黑帽中变出白兔的魔术师，使他豁然痊愈；时而希望医师成为无事可干的忠实听众，听他从三十年前娓娓道来，不顾其他病人的死活。凡人在遭受打击或生病时，多少会经由"退化作用"退回童稚般无理希求的心智状态，这是可以谅解的，而医师的碍难接受也应该是可以谅解的。

有一天，一个病人在深夜三点钟将我叫起来，说他因股票惨跌而觉得人生失据，无法入睡，希望找一个人谈谈心。我对股票外行，但我仍跟他谈了二十分钟，希望能给他精神上的支持。如果我以早上六点必须起床为整栋病房的病人打针为理由而拒绝他呢？我不知道他会有什么反应？

又有一次，一位大学教授因前列腺肥大，无法小解而入院。我值班那晚他因导尿管被血块堵塞，膀胱胀痛，每隔半个钟头就叫我为他"解除"痛苦,直到早上六点,一切解除痛苦的方法都用尽了,他还是苦不堪言。他时而怒言相向,时而道歉不迭,甚至发出要自我了断生命的呓语。昏昏沉沉的我靠在已露曙光的窗口对他说:"我已尽了我一切的力量,我已无计可施。希望你能再忍耐两个钟头,不要再叫我,我早上还要在开刀房站三个钟头,下午要门诊。"因为他是一个教授,所以我又加上一句:"一个人的生命永远比他的痛苦更为长久。"

这位教授在要出院时,满面春风地拍拍我的肩膀,特别说了一些对那天晚上失态深觉抱歉的话,我只希望他不是一个杂文作家。

他还不会死！

一个重症病人半个月前因呼吸困难而实施"气管切开手术"，在喉头下开一个洞，接上氧气筒，总算将他从死神的手中抢了回来，但此后他即停留在不死不活的生死边缘上，好似只要一个翻身，又会重新落入死神的怀抱中。

病人的妻子是台北近郊的村妇。晚上打针时，当我的步履接近或影子覆在她席地而卧的身上时，她即迷神般地站起来，默默看我打完针，然后向我鞠个躬。她已因长期的睡眠不足而显得与病人同样的昏茫，一年来，在病人与死神僵持不下的状态中，她和两个当女工的女儿在没有方向的黑暗中默默滚动，真相虽已经接近大白，但她们必须继续无意义地滚动下去，唯有等到那最后且最大波涛之来袭，在战栗中覆船后，她们才能静止下来，沉入泪水的汪洋中。

有一天晚上，病人的妻子惊惶地跑到医务室来叫我。躺在床上的病人头部不住扭动,脸色慢慢变青变黑。我立刻打开气管切开处的套口,用吸引机吸出一大堆浓痰,然后加速给予氧气。病人的妻子此时正忙着拉扯睡在草席上的女儿,说:"快起来,你爸爸要去了!"

于是母女两人慌乱无措地从皮箱中拿出一套素色衣服,作势要给病人换上。

我挥挥手说:"你们干什么?他还不会死!"

母女两人呆愣了一会儿,此时才发现病人的脸色已逐渐恢复正常。做母亲的只好又将衣服放回皮箱里去,做女儿的则不解地望着病人。良久,病人的眼睛睁开来,她生涩地问:"爸,你怎么了?"

"很痛苦。"

当我调离这栋病房时,病人的情况依然如故,虽然我没有看到终局的揭晓,但结果将是一样的。

有人说"好死不如歹活",但当"歹活"变成折磨全家人的劫难,变成一首家族的悲歌时,"好活"既然永远预期不到,"好死"也许就会成为大家心照不宣的共同愿望,这与"上天有好生之德"无关,与对生命尊严的珍惜无关。在医院里,最令我感动的是当一个慢性病人临死时,环绕床侧的家属均怀着肃穆的心情,把它当作一个不可改变的事实加以接受，魂兮归去吧！亲人，有一天我们会在你所去的地方和你相见，希望那时你是快乐的。

千古艰难唯一死，很多人的确死得很艰难，但这种艰难不是有选择性的艰难，而是一再因外在物质的力撑而使死变得非常艰难的艰难，在这种艰难中，有多少亲人泪水往肚子里吞，而到他真正死去时，却连一滴泪水都流不出！

医者的许诺

林天祐教授最近因有事就教于台大医院外科，我特地读了他的《象牙之塔梦回录》。一年前，我在拜访台湾医界耆宿杜聪明先生时，也先读了他的传记《南天的十字星》。一个是自传，一个是传记，但均同样感人，同样令我产生不可遏抑的孺慕之情与激励之心。杜先生与林教授同为蜚声国际的学者，一是药理专家，一是肝癌手术权威，他们的学者风范与废寝忘食的敬业精神，均令我们这些做晚辈的汗颜不已，但更可贵、更令人深省的却是隐藏在他们"仁术"后面的那颗"仁心"。

医师是一种特殊的行业，它和神职人员一样，具有很浓厚的献身意味。神职人员盗取了"天国的奥秘"，医师则盗取了"生命的奥秘"，他们享有一般人享受不到的"特权"，他们均是逾越了人生的某种范围，而必须为此付出他们的许诺及誓言的人。

医师和神职人员有诸多类似的地方，皈依宗教的医师特别多，医师自古即被称为"神人"——是介于神与人之间的人。死于非洲的施韦泽，死于台湾的兰大卫，为了救人而死于半路的谢纬，都描绘出一幅不朽的"医者画像"来，它历久而弥新，决不会因为时代的变迁而有丝毫的修正，任何地方，凡献身解除人类病痛者，彼此的眼中流露出来的均是同样的神色。

我们以"宗教家的情操"来要求医师并不为过，医者更应该以此自励，因为必须在这个许诺和誓言之下，他们才有资格去盗取生命的奥秘。

医师誓言里明白揭橥："病人的痛苦应为我的首要顾念"，以此求诸台湾医界，在大医院里，我们看到的是，"上级医师的意旨应为我的首要顾念"，曲意承欢，无微不至；在开业医师处，我们听到的是，"医门虽大，不医无钱之人"。倾轧欺胁，使医门含垢、医者蒙羞的事端时有所闻。

杜先生和林教授感叹今日台湾医界的人心不古，世风日下，觉得不是凭一己之力所能挽回的。林教授甚至说："现在我已不再留恋这座象牙之塔了，因为它已经变质了，变形了。"

第二部　枫林散记

当我坐在杜先生的寓所和林教授的研究室内时，聆听他们的教诲，望着他们眼中的神色，我有一股温热，一股激动，以及一种深深的挫败感。象牙之塔已经变形了？"医者的画像"上已蒙满了尘灰？溅满了污点？有谁能重新记取他们的许诺，扫清这些灰尘，刷灭这些污点，让象征"人神"的"医者画像"永留人间，永度众生？

死前的希望

有一个笑话说,三个垂死的病人躺在病床上,医师问他们最后的希望是什么。第一个是天主教徒,他说:"我希望找一个神父告解。"第二个是新教徒,他希望能和家人见最后一面。第三个是犹太人,他想一想,说:"我希望看另外一位医师。"

撇开这个笑话中对犹太人和医师的讽刺不谈,它生动地点出一个人的人生价值观仍左右着他在此尘世的最后一个愿望。至今为止,似乎还没有专家对人类死前的希望做有系统的调查研究。从学生时代开始,我即对这个问题有浓厚的兴趣,而密切注意着每个临死病人的眼神,仔细倾听他们的话语,希望从中获得他们对人生的最后看法,以作为我个人人生意义的参考。

严格说来,死亡并非一种"经验",而是一种预期的感受及失落的悲怆。当我第一次目睹一个同类的死亡时，内心相当惊惶，心想有一天，当我像他这样两脚一蹬时，是否会产生莫名的追悔，觉得以前所信持的理念荒谬可笑！而我却已不再有任何机会！这种感受和悲怆时时来袭，"死而无憾"的要求一直在鞭挞着我年轻的生命。要认识人生，必得先认识死亡；对死亡的看法，往往会反过来影响个人的人生价值观，我想，这也许是很多医师会谱出浮士德变奏曲的原因之一。

有为自己的行将死去，而像小孩般哭泣的病人；有愤懑诅咒，死不瞑目的病人；也有连路都走不动，屎尿直流的病人。这些都是对死亡没有"心理准备"的人，一朝死神来敲门，才发觉这也未做，那也未决，匆匆就要上道，其心情比起"最是仓皇辞庙日"的李后主真不知要悔恨、留恋上几百倍！

几年前，某病房有一患血癌的年轻病人，已是第三次住院，没有任何亲朋来看过他。每天早上，他都搬一张椅子到走廊上看读者文摘，晒太阳。有一天晚上我值班，他还问我是否有时间跟他下盘棋，就好像一个闲居无事的人，以读书、下棋消遣，在时间的嬗递中默默体会生命的情趣。几天后，他就死了。我想，他对他的即将死去一蹬有自知之明，他比我年轻,是什么东西使他如此泰然呢?

有一个寓言说,一个孤零的老园丁,有一天造物主要收回他的生命,但答应给他最后一个希望,老园丁说:"我已别无所求,请您把生命收回吧!"孤零而老,使园丁的别无所求逊色不少,如何在任何时候,均觉得已尽力而为,已无憾,乃是对死亡的最佳"心理准备",也正是印第安唐望所给我们的教诲:"当你觉得不耐烦时,请转向你的左边,死亡会给你一声忠告。"

谁来遗爱人间

医学的进步有赖多方面的因素，"文艺复兴时期"是西方医学的一个重要转折点，在此以前，医师只借解剖羊、狗等动物来"了解"人体的构造，穿凿附会，差之毫厘失之千里，医学一直停滞在玄想的阶段，直到现代解剖学之父维萨里从事人体解剖后，方才奠定了现代医学的根基。而促成现代医学进步的无名英雄乃是维萨里冒着危险到刑场及坟墓盗取得来的尸体。近十几年来，"器官移植术"的勃兴更将医学带入了一个新纪元，以前被视为绝症的患者，现在只要换个器官就能起死回生，功同再造，但它的先决条件是必须有人愿意捐出（或死后捐出）一个正常的器官来。

"身体发肤受之父母，不敢毁伤"的观念使得捐献遗体或捐献器官的善举在国内寥若晨星，正因为如此，也特别令人感佩。记得以前上病理课时，教授指着讲桌上的一堆器官说:"这是我们学校哲学系殷海光教授的遗体,他是因胃癌去世的,在研究他的遗体前,请大家为殷教授遗留给我们的爱默祷三分钟。"我与殷教授虽然缘悭一面,而只能看到如此"赤裸"的他,但我的眼中却满含着泪意,一个哲人对他所信持的理念终能"生死以之",夫复何求?夫复何憾?一两年后,有一次我参加"临床病理讨论会",意外地发现此次献出遗体的竟是我的恩师,以前当过台大医学院院长的严智钟教授。在寂静无声的默祷仪式中,我眼前浮现了大二时,严智钟教授请我们吃饭的一幕,当时他已八十几岁,犹对我们教诲有加。如今遽尔作古,仍不忘遗爱给我们,"恩师"二字他是当之无愧的。

一年前,台大医院病理科的林文士人教授为文呼吁,因为生活水准的提高,愿意捐出(或卖出)遗体的人越来越少,而使得台大医院行之有年的"临床病理讨论会"被迫由一星期举办一次改为两星期举办一次,严重影响到医学教学及促进医学进步的原动力。最近,以"肾脏移植术"独步于台湾地区,且蜚声国际的李俊仁教授亦感叹"一肾难求"。生前捐出一个肾脏或死后捐肾对自己可以说并无严重损害,但却能挽回另一个人的生命,重谱无数人的欢乐乐章。拔一毛以利天下而不为,说这是个充满"爱心"的社会又有多少人能相信呢？

中国台湾的"肾脏移植术"发轫甚早，且成效卓著，但却无法像"开心手术"一样普遍，其主要症结即在此，反观人口并不多的荷兰，却有四家医院日夜不停地在做"肾脏移植"；面对台湾那么多生不如死的尿毒症病人，我们要到哪里去寻找"爱心人士"呢？文化背景类似于中国的新加坡也许可资借镜，当地政府规定，人民必须先签妥万一车祸丧生，愿意无条件捐出眼角膜、肾脏、肝脏等器官的"遗嘱"后，方能领取驾驶执照。如此的遗爱人间虽有点"强制性"，但强迫人民做好事亦并非坏事。

医疗的陷阱

顷阅某杂志上有某作家为文,抱怨诸多亲友因"小病"至大医院就诊,检查了几天,花了好几千元,结果仍未获得肯定的诊断和疗效,因此为文呼吁"尽信医不如无医",呼吁大家对医学要"内行",以免受医院和医师的骗。俗语说:"事未易察,理未易明。"我们且先看下面这则真实故事:

美国麻省有一名男子,因肚子不舒服去找医师,医师告诉他是肠炎。几个小时后,他突然发高烧、冷战、继而休克。男子被送往麻省州立医院,在该院住了一个月,投以数种强力抗生素并接受一连串的检查。在出院时,病人的症状已完全消失,医疗费用共计美金六千一百二十七点五五元(电脑开出来的账单长达五米多),其中大部分是检查费用,但在病人出院时,医师还不晓得他是什么病。

医学越进步的国家,医疗费用就越高,这是现代医疗问题的一个"陷阱"。现代医学在检查方面的进展远比治疗方面来得神速,因此,医学越发达的国家,可资检查的项目就越多,费用也就越昂贵。以此类推,设备精良的大医院,其所做的检查项目要比小医院多,等而下之至庸医、草药师者流,根本就不用检查,也无从检查起。

是不是一定要做这些检查?"我只是'发烧'而已,为什么要照 X 光片、抽血、验尿、验痰?"自以为内行的人觉得"明明是感冒",但医学生也许会想出三四种病来,有经验的医师也许会想出七八种病来。所谓"事未易察,理未易明",越内行的人越不敢妄下断语。正确的治疗有赖正确的诊断,而正确的诊断则有赖科学的实验室检查。

一谈到检查,我们就很可能掉进前面所说的陷阱中。前面那位麻省病人的遭遇,为我们提出了一个严肃的问题:花那么大的代价,结果竟至徒劳无功,现代医学是否误入了歧途?

检查是必需的。但无可讳言,水准越高的医院,其医师对诊断的兴趣也远胜于治疗;而且,大医院的医师(支领固定薪水)在为病人开检查单时,也很少同时考虑到它的"费用"问题。现在大医院所做的检查,绝大多数都是在一九二五年以后发明的,它增加的速率相当惊人,且仍然在增加中。令我们担心的是，今日庞大繁复的检查项目，有几种能经得起时间的考验，而被认为是"真正必需"？

最近时兴的"健康检查"，到底应该检查到什么"程度"，在医学界引起一番争论。我想这个问题牵涉极广，远超过一般人的医学"程度"，一般人妄加置喙，反而不妥。检查是必须的，有问题的只是"程度"。但若检查没有"结果"呢？电影《开放大医院》内有一句极尽讽刺能事的话说："病人出院时，若在身上找不到一处'刀痕'，他会失望的，而且也是我们医院的耻辱。"为什么一定要查出有病，才不会感到"失望"呢？

从弃婴谈助人

台大医院的大门入口处经常有弃婴，或是头大如斗，几乎要裂开来的水脑症患儿；或是其他先天性畸形，恐怖又令人哀怜的弃儿。当然，最后都是由医院出面处理此事，但在弃婴被弃置的半个小时或一个小时内，从他身旁走过的路人不下数百人，通常是在驻足旁观之余，没有一个人愿意去触摸他或施以任何的援手。

地球不会因为一个弃婴而停止转动，医院不会因为一个弃婴而改变它的作业程序，而世人也不会让一个弃婴来干扰他既定的生活轨迹。在川流不息的通衢大道上，大家摩肩接踵，但大家都不愿涉及他人，不愿对不相识的人施以援手。

一九四六年，纽约一个名叫琪蒂的女孩子，在三十八个路人的旁观下，遭到歹徒的强暴谋杀。有人说，旁观的路人太多，大家推卸责任；也有人说，旁观的路人太少，再增加一些目击者，也许其中就会有一个挺身而出，见义勇为。

社会心理学家达利和拉塔尼认为，越多的旁观者，责任感和罪恶感就越容易扩散而淡薄，譬如医院门口的弃婴，目击者甚多，大家都不认为自己比他人负有更多责任或必须承担更多责备（帮助是否有效则是另一回事）；塔库辛和哈勃等人则认为不愿帮助他人是一种"都市行为"，在都市生活的经常需求中，大家漠视自己的神经系统，视而不见，尽量避免介入他人之事。两派理论殊途同归，在通衢大道上，少有人愿意帮助一个倒下去的路人，或一个迷路的小孩。加缪小说《堕落》一书中的主角，深夜在桥边听到有人模糊的落水声，结果他因自己没有回头去看个究竟而自责，竟至崩溃。如果落水声有一百个人共同与闻，不知加缪会为他书中的人物安排什么样的结局？

"人饥己饥，人溺己溺"对七十年代的都市人来说，已遥远得如同一则神话。一座座荒凉的孤岛拥簇在污浊的海面上，彼此之间没有光和热可资联系，唯一的希望是在沉寂的黄昏中，谁先去点燃第一盏灯，那么转瞬间也许就会出现万家灯火。心理学家在高速公路上做了一项令人鼓舞的实验，第一组是汽车抛锚，女司机挥旗请求帮忙；第二组同样是汽车抛锚,但在此辆抛锚汽车前方不到半公里的地方同样有一辆抛锚车,且有人停车在帮助毫无头绪的女司机。结果是停车帮助第二组的路人,比第一组要多出将近一倍。因此,当你看到一个倒下去的路人、一个弃婴时,只要你趋上前去施以援手,将有更多的人会继你之后施以同样的援手。

清醒的疯子

天才与疯子只有一线之隔，但天才打着灯笼也难以找到，而疯子却是时时可见，至少精神病院里就有一大堆。若是生活环境的气氛太过死寂，人心太过焦躁，大家看到几个类似天才的疯子，望穿秋水的眼睛一时昏花，或许明知他是疯子，但因为太过沉闷了，姑且指鹿为马，把他当作天才来热闹一番。所以对突然发出"女鬼叫声"的一位男士，有社会人士建议，应该好好培养，启发他的"超凡能力"，以为社会国家所用云云。流风所及，书刊、杂志上充斥着超人、超灵、天才、神迹的报道，几个较慧黠的人已经了然于心：冒充疯子乃是被视为天才的捷径。

古来有不少杰出之士亦曾渴望自己能够疯狂，以便将自己的才情发挥到极限。自从一代大师雅斯贝斯指出凡·高画中的变态性后，迄今为止，绝大多数的专家都认为凡·高是一个精神分裂者。当高更在阿尔郡和凡·高一起生活时，洞察力敏锐的高更即认识到了凡·高的天才和疯狂面，他的天才和疯狂对高更而言都是一种酷刑，结果高更得出了一个可怕的结论：如果天才是疯子的话，他必须要更加疯狂才能超越凡·高！这的确是一个可怕的结论。

这个结论到超现实主义画家达利手中，产生极大的转变。超现实画派受弗洛伊德潜意识的影响很深（弗氏晚年亦曾称这些超现实主义者是一群百分之百的疯子），达利所以能在多如牛毛的疯子中脱颖而出，因为他是"特别清醒的疯子"，他不听任下意识的自然流露，而在其中加上很多理智的作用，所以他的画能产生极大的震撼力。但这种巧妙安排的能力不是人人皆可具备的，不少故作疯子状的超现实主义者，说得难听一点，他们的画比精神病人的涂鸦还糟糕。其他等而下之，乞灵于迷幻药，以期创造出天才作品的人就更不用谈了。

文学上亦复如是。世界各地都有人模仿卡夫卡的怪异题材，卡夫卡已被专家圆满解释为"妄想型的精神分裂症"，洞烛先机的加缪亦早已指出卡夫卡只是一个"说故事者"，说的是精神分裂病人的故事。一些没有精神分裂的作家却邯郸学步，结果画虎不成反而给人一种突兀、滑稽的感觉。

疯子不晓得自己是疯子,被莫名其妙地捧为天才,自己也是糊里糊涂的,我们应该哀悯。但打着灯笼想去找天才,然后加以捧之的热情却应该被浇一把冷水,因为这个社会上本身不太懂而索性装疯的人实在太多了。

所谓"儒医"

《儒林外史》这部书不仅讽刺了读书人，也讽刺了环绕在读书人周围的一些市井小民。"大老官"杜少卿平居豪举，疏财仗义，家中宾客座无虚席，他的家人娄老伯卧病在床，杜少卿请了张俊民替他医病。一日，来他家打秋风的韦四太爷问这位张俊民说："你这道谊，自然着实高明的？"

张俊民答得妙："不瞒太爷说，晚生在江湖上胡闹，不曾读过什么医书，却是看的症不少，近来蒙少爷的教训，才晓得书是该念的。"这种混混儿即使晓得该读书，自己也不会去读的，但他倒有一个两全其美的办法："所以我有个小儿，而今且不教他学医，从先生读着书，做了文章……学些文理，将来再过两年，叫小儿出去考个府县考，骗两回粉汤包子吃，将来挂招牌，就可以称'儒医'。"

韦四太爷听他说这话，哈哈大笑。但不知吴敬梓通过韦四太爷的口所发出的笑声是所笑为何？笔者读《儒林外史》，读至此处亦不觉莞尔失笑。"儒医"——多么奇怪的一个称呼？但它在国人心目中又是一个多么具有诱惑性的朦胧人物？

最近，有人举办了"今日医疗所面对的问题"座谈会，在会中，卫生事务主管部门负责人谈到这个问题时说："这是整个社会问题，和中国传统的想法有密切的关系。在传统里，医业根本就不算'专业'，所谓'儒医'，好像读书人就可以看病，这个观念到现在还是存在。"

"儒医"这种人物实是科举制度下的产物，在科举取士的时代，大部分读书人关心的是举业。像明代杰出的药物学家及医学家、《本草纲目》的编著者李时珍，他的父亲是一位饱学秀才，也是一位民间医生，可惜屡试不捷，只好做个"儒医"，他本不想他儿子李时珍继承医业，原是希望他从科举中"光宗耀祖"，结果李时珍虽然很早就中了秀才，但却三次乡试均名落孙山，自此无意功名，才立志学医。如果李时珍会耍噱头的话，他就可以挂个大招牌，上书"世代家传儒医"云云。

科举时代，热衷举业的不第秀才行医、算命以糊口，原是人世百态之一，"医"是不得已而求其次，其志在做个"显儒"也。但时日一久,"儒医"之名深植人心,就会出现张俊民这种混混儿,"再过两年,出去考个府县考,将来挂招牌,就可以称'儒医'"。

科举时代的结束,也同时结束了不少读书人的悲惨命运。但"儒医"这个观念,正如那位卫生部门负责人所说,"到现在还是存在",更有甚者,最近又出现了"新儒医",理工科大学毕业,学些文理,居然也可以称为"科学中医",岂不怪哉?

我们的"血肉"在哪里?

在学生时代,笔者对台湾医界耆宿杜聪明先生只有一个模糊的印象,师友辈中偶尔提起他,也只能兴起淡淡的敬意,因为我们对他所知实在太有限。毕业后,笔者因缘际会,曾先后两次拜访杜聪明先生,听他娓娓细诉一生中的主要事件。在他那宁谧的客厅里,看着他慈祥的容颜,我有一种血肉相连的激动,在我接受教育的漫长的十九年历程中,这是非常少有的,也许这是我初次如此直接地去认识一个中国人的成就,以及成就后面鲜为人知的奋斗和挣扎罢!

除了激动外,我还有阵阵的羞愧,因为在此之前,我对杜先生的认识几近于零。在学生时代,对西方医学界的名人如弗洛伊德、施韦泽、加林、考科、哈维、帕拉西塞斯等的身世、成就和奋斗经过,我可以如数家珍;甚至对弃医从文的契诃夫、安部公房,也可以娓娓道来。但对一个近在咫尺,属于自己国家的,值得敬仰的医学界伟人却相当陌生。

这种疏忽，不仅医学界为然。中国史上及目前很多学有所成，卓然自成一家的学者，我们除了听过他的名字外，其他可能都是一片模糊，即使朦胧地觉得应该敬仰他，也不知道要从哪里敬仰起。在整个学界，除了少数学科外，我们几乎没有自己的"血肉"，有心人想拿别人的"血肉"来"莲花化身"，但我们甚至连那一缕虚无缥缈的"魂魄"都把握不住，脱胎换骨的结果变成四不像，这正是整个学界的悲哀。

论者或谓，中国甚少科学的"血肉"，但吸取欧美精华这么多年，也应该长出自己的一点"血肉"来。以医学而论，杜聪明先生正是一块属于自己的"血肉"，我们应该仔细去品尝蕴藏在那里面的中国芬芳，去咀嚼那股足以使顽者正、懦者立的血肉相连的家乡味。如此，科学才能生根，我们才有属于自己的科学"血肉"。

很不幸，供给国人精神食粮的出版业，贩卖的几乎全是外国的"血肉"，以医学家传记为例，外国的医学家传记如汗牛充栋，且印刷精美，购买方便。而中国的呢，却为数不多，发行量少，且或语焉不详，或过分净化，变成冷猪肉般的"牲醴"而没有"血肉"的味道。我们难道没有自己的芬芳"血肉"吗？难道要一辈子吃西餐和日本料理吗？请供给精神食粮的出版业多卖一些适合国人口味的"血肉"吧！